Tiara Label

ティアラ文庫

君は一年後に破滅する悪役令嬢だから今すぐツンデレをやめなさい！

日車メレ

プランタン出版

Contents

※本作品の内容はすべてフィクションです。

幕前　物語は悲劇で幕を閉じる

ハノルィン王国の都ではこんな歌劇が話題を集めている。

ある令嬢が幸運に恵まれ、高貴な青年の婚約者として望まれるというストーリーだ。

幼少期、少しわがままで天真爛漫だったものの思いやりのある娘だったはずの彼女は、権力に近づいたことで段々と性格が歪んでいった。

驕り、享楽に溺れ、己の責務を果たさない愚者となった。

当然、婚約者であった青年の心は離れていった。

愚かな令嬢は、それが自業自得であるとは考えなかった。ほかの女が婚約者に色目を使い、周囲の者が青年に嘘を吹き込んでいると思い込む。

婚約者に近づく女性を陥れ、悪行の限りを尽くした。

けれど悪事はいつか暴かれるものだ。物語の最後は令嬢の破滅で幕を閉じる。

この物語の主人公が、実在した人物をモデルにしているのは皆が知るところだ。

誰が呼びはじめたのかわからないが、いつからか都の民は彼女のことを「悪役令嬢」と呼ぶようになった。

けれど、本当の彼女が優しい女性であったことを知っている男が一人いた。おそらく肉親以外では彼だけが令嬢の真実を知っている。

「物語の最後、悪は必ず滅びなければならない。——そうだろう?」

ひっそりとたたずむ墓標の前で、男は本当の終焉を望んだ。

彼女を貶めた者を裁き、正しい者が幸せになる結末を迎えるために、男は一度閉じた幕を再び開けた。

第一幕　そろそろ婚約破棄しませんか？

「君は随分変わってしまったね……」

　一週間前、ヘイウッド伯爵家の令嬢レイチェルは、婚約者である第一王子アルヴィンからそう告げられてしまった。

　普段温和な青年だからこそ、その冷めた表情がレイチェルの心を抉った。

（……そろそろ婚約破棄を言い渡されるでしょうね）

　婚約破棄――それはレイチェルの望みだ。わざとそうなるように振る舞っているのに、実際にアルヴィンから冷ややかな視線を向けられると決意が揺らぎそうになる。

　宮廷舞踏会の夜。レイチェルは四歳年上の兄マーカスにエスコートされて、煌びやかな舞踏室へと足を踏み入れた。

「おい、レイチェル。今夜は問題を起こすな！　いいな、くれぐれもだぞ？」

「わかっています」

兄との関係もここのところぎくしゃくしている。

いつからか、レイチェルは真っ赤な嘘ばかりを口にするようになった。

今の言葉も嘘だ。レイチェルは心の中で兄や両親に謝った。今夜も婚約者に嫌われるための努力を継続するつもりなのだから。

できるだけ伯爵家に被害が及ばない範囲での解決が希望ではあるのだが、レイチェル個人の悪評であっても、家族も無関係でいられない。

レイチェルの悪い噂に心を痛め、もう軽蔑しているかもしれないのだ。

――それでも、引き返せない。

少し前まで、婚約者のアルヴィンと一緒に過ごせる時間がレイチェルにとってなににも勝る楽しみだったのに、今は憂鬱な気持ちだった。

好きな人にわざと嫌われようとしているのだから当然だ。

常に心を強く保っていないと「こんなことはしたくない」という本音がこぼれ落ちてしまいそうになる。

舞踏室にいる人々の視線がレイチェルに集まっている。

レイチェルはきつく唇を結んでから、優雅に笑ってみせた。

会場をしばらく歩いていると、ハノルゥイン王国第一王子アルヴィンの姿が見えた。

アルヴィンは二十二歳。レイチェルの兄と同じ歳だった。少しくせのあるハニーブロンドの髪、神秘的な紫色の瞳をした青年だ。

彼はいつもほがらかな笑顔を向けてくる正真正銘の王子様だ。今日も白を基調とした正装姿がよく似合っている。

知的で、人への気遣いを忘れない人格者――唯一の欠点は、優しすぎて頼りない部分だろうか。

「マーカス、レイチェル。いい夜だね？」

アルヴィンがヘイウッド伯爵家の二人に近づいてくる。

「お招きありがとうございます、アルヴィン様」

レイチェルがそう言ってから淑女の礼をすると、アルヴィンが手を差し出した。ただし、彼の瞳はなんの感情も帯びていない。これは義務だ、と言われている気がした。

「殿下、どうぞ妹をよろしくお願いいたします」

「あぁ、任せてくれ」

レイチェルのパートナーが兄から婚約者へと変わった。もうすぐファーストダンスの時間だ。いくら気まずい関係でも、今はまだ婚約者同士である。

生真面目な性格のアルヴィンは、かたちばかりのダンスを踊ってくれる気はあるらしい。

「今日のドレス、とても美しいね」

今夜のドレスは特別なものだった。

二ヶ月前、東国からの親善大使がハノルィン王国を訪れた。大使から王家への贈り物の一つが最高級の絹織物だった。王者の紫《ロイヤルパープル》という深く鮮やかな色は、貝から抽出される染料が使われているというが、その製法は門外不出となっていてハノルィン王国では再現できない。

交易品としてならば出回っているが大変高価な品物だ。

本来なら王妃が受け取るべきものだが、残念ながらアルヴィンの母親である王妃は亡くなっていて、現在その位にある者はいない。

そこで第一王子の婚約者であるレイチェルに絹織物が与えられ、今夜はその絹で仕立てたドレスのお披露目の場でもあった。

「あら？　……私のことはほめてくださいませんの？」

レイチェルは笑って、嫌みたっぷりの言葉を返した。

赤い巻き髪に青い瞳をしたレイチェルに、鮮やかな紫のドレスはよく似合っているはずだった。

はっきりとした顔立ちと素直になれない性格のせいで、必要以上に気の強い女性だと思われてしまうのをレイチェルは気にしている。

ドレスは強いイメージを和らげ、けれど彼女の個性を消し去らず、清楚な雰囲気を付け加えてくれるデザインだった。

(以前のアルヴィン様なら、ドレスではなく私をほめてくださったでしょうに……)

望んで取った行動の結果だというのに、アルヴィンの変化にレイチェルは傷ついていた。気は強いし意地っ張りだが、レイチェルは心の弱い人間だ。そろそろ悪女のふりも、心が離れてしまった婚約者と顔を合わせるのも、限界だった。

たとえ好きな人ともう会えなくなったとしても、今日で終わりにしてほしい、終わらせたいと心から願っている。

「宮廷舞踏会が終わったら、君に大切な話がある」

「まぁ、なにかしら?」

ついに別れを告げられるときが来たのだ。大切な話などきっと一つしかないのに、レイチェルは無邪気なふりをしてとぼける。演技をやめた瞬間、きっと涙が溢れてしまうからだ。

アルヴィンも笑っていた。けれど以前とはどこか違う、皮肉の混ざった意味ありげな笑みだった。

「さぁ、ファーストダンスの時間だ」

そこで二人の会話は一旦終わる。

レイチェルはそのまま彼と一緒に舞踏室の中央まで進んでいく。しばらくすると最初のダンスがはじまった。

特別なドレスを着て、本物の王子様にエスコートされながらダンスを踊る。煌々と輝くシャンデリアが照らし出す豪華な空間に圧倒され、レイチェルは目的を忘れてしまいそうになる。

（これが……今夜がきっと最後になる……）

幸せなお姫様でいられるのはこれが最後。

アルヴィンを独占できるのもこれが最後。

彼の瞳の中に自分の姿が映るのもこれが最後。

だったらこのひとときだけすべてを忘れ、ダンスを楽しんでも許されるのだろうか。

けれど冷たいアルヴィンと目が合うたびに、どうしようもなく胸が痛くなり、このひとときを楽しむことなどできなかった。

「どうしたんだい？　ダンスが苦手になってしまったのだろうか？」

「苦手ではありません。下手だとおっしゃりたいのですか？　……ダンスなんて簡単ですのに」

表情と心が乖離《かいり》する。心は舞踏室ではないどこか――たとえばこの会場の外に広がる夜の闇を漂っているのかもしれない。自分がなにをしているのかもわからなくなり、レイチェルはついステップを間違え、アルヴィンの足を思いっきり踏みつけた。

「申し訳……」

「……いいや、かまわない。今夜の君は皆に注目されているから、婚約者の足を踏みつけるくらい仕方のないことだろう」

皆が注目しているのはドレスだ。ドレスではないとしたら、気が強くてわがままというのが最近のレイチェルの評判だから、いつ第一王子に愛想を尽かされるのか気になって仕方がないだけだ。

表立って口にする者はいないが、二人の破局はすでに決定事項のように噂されているのだから。

（あぁ、演技なんてしなくても、結局私は理想的な婚約者ではいられなかったわ……）

きっと最後になるはずのダンスすら、満足に踊れない。レイチェルが自分の不器用さを嘆いているあいだに曲は終わってしまった。

「少し休もうか？　挨拶をしたい人もいるし」

今のアルヴィンは政治的に難しい立場にある。宮廷舞踏会にはハノルィン王国で力を持つ貴族が軒並み顔を揃えているから、この機会に地固めをしたいのだ。

社交の場は、皆が笑顔で武装して政治的な駆け引きや人脈作りに精を出す戦場だ。

「はい、アルヴィン様」

政治的な件でアルヴィンの邪魔をするつもりのないレイチェルは、おとなしく彼の言葉に従う。特別なドレスを与えてしまった手前、この舞踏会が終わるまでアルヴィンはレイチェルを遠ざけるわけにはいかないのだろう。

それから二人は何人かの貴族と会話をした。やはり話題になるのはドレスだった。

レイチェルはアルヴィンや貴族たちの話に相づちを打っていたが、会話の半分も入ってこない状態だ。

「兄上、レイチェル殿。こんばんは」

しばらくすると、アルヴィンの弟である第二王子のキースが、婚約者を伴ってやってきた。キースはレイチェルと同じ十八歳。ハニーブロンドの髪と紫の瞳は兄とそっくりだ。

性格は、アルヴィンが温和で、キースは快活な印象だ。レイチェルにとっては二人とも幼馴染みである。

小さな頃は気安い関係だったが、今はもうそれぞれ淑女と紳士の仲間入りをしている年齢となった。レイチェルはそのあたりをわきまえて、静かに淑女の礼をして第二王子とその婚約者に挨拶をした。

「やぁ、キース。楽しめているだろうか？　それから、マドライン殿も」

アルヴィンが弟とその婚約者に語りかける。

キースの婚約者であるマドラインは黒髪の令嬢で、年齢はキースより一歳年上の十九歳。

煌びやかな赤いドレスがよく似合う美人だ。彼女は指折りの名家、ウォルターズ公爵家の令嬢で、現当主の孫娘にあたる人物だ。

「……ええ。もちろんですわ、第一王子殿下。……あぁ、でもお二人は今日も大変ですわね？」

なにか含みのある言い方だった。「大変」という言葉には色々と思い当たる節のあるレイチェルだが、どの「大変」を指すのかがわからなかった。だからきょとんと首を傾げる。

「せっかくの王者の紫《ロイヤルパープル》も……察しの悪いお方のせいで台無しですこと。きっとレイチェル様のことを侮っていらっしゃるのね……？」

マドラインは口元を扇子で隠しながらクスリ、と笑った。そのあと意味ありげに視線を横に動かす。レイチェルも自然と彼女が気にしているほうに目が行った。

（あれは、……マコーレ侯爵家のルシンダ様よね？）

そこにはおどおどとした様子の令嬢が立っていた。レイチェルと同世代で、どこかのお茶会などで言葉を交わしたことがある令嬢だった。

彼女がまとうのも王者の紫《ロイヤルパープル》だ。つまりドレスの色かぶりである。

王家に配慮して、今夜ばかりはこの色を避けるのが暗黙の了解であったのにもかかわらず。

（よりによってこんな日に……）

レイチェルは頭を抱えたい気分だった。

今夜の舞踏会でレイチェルのドレスがお披露目されるというのは社交界では周知のことだった。新聞にも書かれていたし、知らなかったでは済まされないだろう。

「伯爵令嬢が未来の王妃となられるのって、大変ですのね？　わたくしならこのような屈辱は耐えられませんわ。レイチェル様はご立派です。……フフッ」

マドラインはあからさまな嫌みを口にした。

伯爵家は由緒ある貴族だが、上流階級のみが集まる社交の場では平凡な家柄だ。第一王子の結婚相手としては釣り合いが取れず、家格が上の者から侮られる。暗黙の了解を無視する者が現れるのは、レイチェルの力不足のせいだとあざ笑っているのだ。

「マドライン！　そんな言い方はっ」

「あら？　わたくし、レイチェル様には苦労が絶えないと申し上げただけですのに、なにか問題があるのかしら？」

キースが婚約者をたしなめるが、マドラインは肩をすくめるだけで反省する素振りはなかった。

「……兄上、私たちはこれで失礼します」

キースが大きなため息をついて、マドラインを連れそそくさと去っていく。

残されたレイチェルとアルヴィンはドレスの色かぶり事件に対応しなければならなかった。

目が合うと、ルシンダは今にも泣きだしそうなくらいに震え、俯いた。

いっそ、広い会場で顔を合わせなければよかったのだが、もう知らぬ存ぜぬでは済ませられそうもない。

もし無視などしたら、翌日の新聞に〝第一王子の婚約者はご立腹、令嬢を完全無視か⁉〟などと書かれてしまうのが目に見えていた。

「……マコーレ侯爵令嬢。よい夜だね?」

最初に動いたのはアルヴィンだった。彼は人に対する気遣いができる人間だ。社交の場では身分の高い者が下の者に声をかけるのが基本だ。

彼は今夜も、第一王子として最善の行動をするのだろう。

「はい……殿下。それに……レイチェル様……、あの！ 申し訳、ありません……わたくし……。存じ上げなくて」

じつにしおらしい態度だった。けれど、以前に話したときの彼女の印象とはかけ離れている。レイチェルは伯爵令嬢、ルシンダは侯爵令嬢である。

レイチェルは女性だけの集まりにおいて「王族の婚約者だからって、いい気にならないで」というような言葉をこの令嬢から浴びせられた記憶を呼び起こし、納得できずにいた。

第一王子の前だからといって、あまりにも態度が違いすぎる。

「どうぞ、お気になさらずに。好きなドレスの色まで一緒だなんて、私たち気が合いますわね？　同じ色の花が何輪あっても、一つ一つの美しさが損なわれるわけではありませんもの」

　レイチェルは、上手く返せたことを自画自賛したいくらいだった。

　下手《したて》に出すぎても、王妃の代わりにまとうことを許されたドレスを蔑ろにしていると思われる。けれど、この場で令嬢を非難することはできなかった。

　広い心で、問題にはしないというのが模範的な行動だと判断した。

「……わたくし、本当に、本当に！　配慮が足りませんでしたわ……どうか、お許しください。レイチェル様……」

　レイチェルの声は小さく、ルシンダの声ばかりが響く。周囲には彼女の怯えきった叫びしか聞こえないだろう。

　ヒソヒソとした声で「紫は一人のものではない」、「もう王妃にでもなった気でいるのかしら？」とレイチェルへの非難がささやかれる。最悪の事態だ。

「え……？　あの……趣味が一緒で嬉しい、と申し上げているんですわ」

　もしかして、顔が怖いせいだろうか。それとも普段の捻くれた言動がいけないのだろうか。レイチェルはただドレスの件で悪評を増やしたくないだけだったのに、相手が勝手に誤解してくる。言葉を歪曲《わいきょく》して受け取られていた。

（あぁ……またなの……）

近頃、こうやってすぐに悪女になってしまうのだ。

アルヴィンに嫌われる言動をしているのはわざとだが、意図しない部分でも評判を落としてしまう。

社交界でよくある嫌がらせとしては、事故を装い相手のドレスにワインをかけて、もう同じ会場にいられなくさせるという方法があるらしい。もしレイチェルが本物の悪女ならば、とっくにそうしている。テーブルの上に並べられたグラスをチラリと見ながら、彼女はため息をつく。

「……ルシンダ様。ドレスの色が一緒だからといって、そんなに気にすることでしょうか?」

レイチェルはルシンダと争う気はない。アルヴィンの妃になるつもりがないのだから、高位貴族には嫌われたくないのだ。王族と無関係のただの伯爵令嬢になったら社交界での地位は簡単に逆転してしまう。それではこの先の平穏な暮らしに差し障る。

彼女が嫌われたいのはただ一人、婚約者であるアルヴィンだけだった。

「気にするはずですわ！　特別なドレスなのでしょう？　そのお披露目の場をわたくしは……わたくしは……わたくしのほうが自分自身の至らなさを許せそうに……ぅぅっ」

「ですから私は気にしな――」

「申し訳ありません！　未来の王妃様へのご無礼……ぅぅっ、うっ」

相手は頑なに聞く耳を持ってくれない。「未来の王妃様」がやたらと強調されていたのは明らかに故意だ。

そんなに気になるのなら、この事態に気づいた時点で舞踏室から出ていけばよかったのではないか。

（でも、出ていけと言えば、私がドレスの色かぶりを許さず、追い出したとされてしまうのよね……？　アルヴィン様は、なぜなにもおっしゃらないの……？）

目に涙を浮かべるルシンダ。

そして二人のやり取りが聞こえているはずなのに動かないアルヴィン。嫌みで言っているつもりはないのに、彼まで誤解しているのだろうか。

レイチェルは助けを求めてアルヴィンを見るが、彼は視線すら合わせようとはしてくれなかった。それが答えだと悟るしかない。

（そう……、もういいわ。悪い噂には慣れたもの）

レイチェルの窮地など、彼にはどうでもいいのだろう。今夜を最後に婚約者ではなくなるのだから、それも当然だった。

せめてルシンダだけでもどうにかせねばと考えたレイチェルは、すぐそばにあったテーブルに近づき、ブドウの果実水を手に取った。そして彼女を落ち着かせるつもりで、飲み物を勧めようと一歩近づく。

するとと運悪く、アルヴィンの足にドレスの裾が引っかかる。彼が手を伸ばし、グラスを押さえようとした。それが逆効果となり、中身が大きく揺れ、庇ったアルヴィンの袖口にかかってしまう。

「……アルヴィン様！」

悪女だったら、事故を装って飲み物をかけるだろうという妄想をしただけで、罰《ばち》が当ったのだろうか。真っ白な衣装に渋い赤のしみができた。

「フッ、……そろそろ私の忍耐力も限界だな」

ゾッとするくらい綺麗な笑みを浮かべ、アルヴィンがレイチェルをまっすぐに見据えた。

レイチェルの望みは、穏やかな婚約破棄である。たとえば、伯爵家を巻き込むくらいの不敬罪にあたる行動は決してしてはいけない。

「申し訳ありません……！　私……」

レイチェルのドレスは無事だが、アルヴィンの正装はひどい有様だ。しかも故意だと思われているようだった。ダンスで足を踏んだときとは比べものにならない失態に、血の気が引いていく。

アルヴィンの手が伸びてきて、レイチェルの顔面に近づく。また誤解され、取り返しがつかないほどの無礼を働いてしまったレイチェルはギュッと目をつむった。

アルヴィンがそんなことをするなどとにわかには信じがたいが、頰を叩かれることを覚悟した。ところが――。

「君は時々そそっかしいよね？」

そう言って、彼はレイチェルのおでこをピンッと指で弾いた。無様な失態に怒っている様子はなく、可愛い婚約者のドジをからかっているだけに見えた。

「へっ？」

思わずまぬけな声が出た。急に以前の関係に戻ったかのように錯覚した。

「ねぇ、マコーレ侯爵令嬢。レイチェルは気にしないと言っているのになぜ歪曲するんだろうか？　随分と想像力が豊かなんだな……」

「……そんなっ！　わたくし、レイチェル様が怒っていらっしゃるから……」

「どう見ても困っているだけで、怒ってなどいない。……ね？」

キラキラとした笑顔で同意を求められ、レイチェルは思わず頷いた。

アルヴィンの笑みは一瞬で消え失せる。もう一度ルシンダのほうへ向き直ったときの横顔は、見ているだけで凍りつきそうなほど冷たかった。

「マコーレ侯爵令嬢のほうからわざわざ私たちに近づいたんだろう？　まるでレイチェルの視界に入りたくて仕方がない様子、気づいていないと思ったのか？」

「……っ！」

ルシンダが息を呑む。アルヴィンはただ静かな声で言っただけなのに、妙に迫力があった。彼はルシンダが悪意を持ってわざわざ同じ色のドレスを見せつけに来たことに気づいていたのだ。

周囲で聞き耳を立てていた貴族たちも、レイチェル——というよりも、アルヴィンを支持しはじめる。一気に風向きが変わった。

（この方は、誰……!?）

長い付き合いのレイチェルですらこんな彼は知らない。

以前の優しい彼とも、ここ最近の彼とも違っている気がした。

「着替えが必要だから、一旦失礼するよ。……レイチェル、手伝ってくれるよね？」

「は、はい……」

アルヴィンが守ってくれなければ、また悪い評判が一つ増えていたはずだ。それでほっとしたレイチェルは、ついうっかり彼の言葉に頷いて、控えの間までついていってしまった。

侍従がすぐに事情を察して、控えの間に新しい服を用意してくれた。そのまま着替えを済ませればいいはずなのだが、アルヴィンはなぜか侍従を下がらせた。

「……これでやっと落ち着いて話ができる」

「それよりお着替えを早く済ませてください」

行ったり来たりで悪いと申し訳なく思いつつ、レイチェルは侍従を呼び戻すためにテーブルの上に置かれていた呼び鈴を手に取ろうとした。けれどガラスの呼び鈴に手が届く前にアルヴィンが邪魔をする。

「人を呼ぶ必要はない。君が手伝って」

「……わかりました」

果実水をかけてしまったのはレイチェルだから仕方がない。レイチェルは彼の正面に立ち、金のボタンをはずしていった。汚れた袖がどこかに触れないように注意しながらてきぱきと脱がせていく。

「ああ、シャツもだめだ」

上着から渋い赤の液体がしみこんでいた。ほんのわずかな量でも果実水を含んだ布からは甘い香りが漂う。そのままにしたらベタベタとして不快だろう。

「そうですね……」

「そうですね、じゃないだろう？　脱がせてくれないと。誰のせいでこうなったのかよく考えて」

考えるまでもなく、彼の服が汚れたのはレイチェルのせいだ。けれど、着替えの手伝いをするのが、責任を取るということと結びつかない気がした。

「嫌です！　絶対に嫌……」

レイチェルはまともに男性の身体を見たことがない。一応伯爵令嬢だから、異性に素肌を晒さないし、異性の裸体も見ない。

婚約者のアルヴィンとは手を繋いだり、手の甲や額へのキスをするだけの関係だ。

「ねぇ、レイチェル。……君は事故に見せかけて故意に果実水をかけたんだよね？」

「いいえ、そんなことは決して！」

レイチェルは大げさにかぶりを振る。

婚約破棄をもくろんでいても、彼女がめざすのはあくまで『性格の不一致』だ。レイチェル側に過失が多すぎると伯爵家の未来が危うい。

「こうやって二人きりになりたくてやったのかと思った」

アルヴィンがレイチェルの手を取って、シャツのボタンあたりに触れさせた。

「まさか！　生まれる前に決まっていた相手との結婚なんて、絶対にご免ですと何度も申し上げたではないですか。二人きりになんて……なりたく、ない……」

それはレイチェルの本心だ。生まれる前に決まっていた愛のない結婚を拒絶したいのは本当。ただ、理由は彼が嫌いだからではない。

二人きりになりたくないのも本当だ。心の中を探らないでほしいからだ。

「なら、私に嫌われるためにわざとやったのだろうか？　さすがにやりすぎだよ。……そんなに罪に問われたいのか……君は変わっているね……？」

アルヴィンは大事な宮廷内の行事で、国の中枢にいる者たちと交流を持ち、地固めをしなければならない。レイチェルはそれを邪魔してしまったのだ。

「今回は事故です！」

「今回は……？　ならば、それ以外のおかしな行動は事故ではないという意味だね？」

今夜の彼はやはりおかしい。こんなふうに人の言葉を歪曲し、相手を追い詰めるような言動は彼らしくなかった。

「屁理屈は嫌い。ですが、私が気に入らないのならもういいです！　……どうぞ、私とアルヴィン様の婚約をなかったことにしてください。どうせ大事な話とは、この件ですよね？」

レイチェルの手はまだアルヴィンの胸のあたりにある。グッ、と力を込めて逃れようとしてもびくともしない。

「頑なだね？　……まぁいい。とにかくシャツを脱がせるのは君の役割だから。逃げたら、第一王子に対する非礼を伯爵家に――」

「わかりました！」

ようやくアルヴィンが掴んでいた手首を離してくれた。レイチェルはあまり彼の身体を見ないようにしながら、シャツのボタンをはずしていく。

気恥ずかしさで顔が真っ赤になってしまう。それを隠したくて俯けば、手元がもたついてなかなかシャツを脱がせられない。

それでもなんとかアルヴィンから布地を剝ぎ取って、台の上に置かれていた新しいシャツを手にした。彼の背後で広げて、袖に手を通してもらってから正面にまわった。

ボタンを留めている途中で、うっかり胸のあたりに目が行ってしまう。

「なぜ、傷があるんですか？　……新しいもののような……？」

それは奇妙な傷だった。まるで心臓でも貫いたのではないかと思われる位置にくっきりとした傷がある。けれど、アルヴィンがなにかの手術をしたという話は聞いたことがないし、大怪我をしたこともないはずだ。

だったら生まれたときからそこにあった痣だろうか。レイチェルは無意識に彼の傷に手を伸ばしそっと触れてみた。

縫合した形跡はないが、おうとつがあって痛々しい。思わず作業の手が止まった。

「私の罪の証だよ」

「罪……？」

アルヴィンは清廉潔白な人物だ。今まで間違った行いを一度もしていないのではないかと疑いたくなるほど、常に正しい。だから、その言葉はアルヴィンにはあまりにも似合わなかった。

「レイチェル。君が私から離れようとしている理由を当ててみせようか？」

急に引き寄せられる。はだけた胸元に顔をうずめるかたちとなったレイチェルは、混乱してバタバタと暴れた。

「離して……！　近いです、絶対にだめ……！」

今夜の彼はとにかく変だ。急激に縮まる距離がレイチェルには恐ろしかった。

「君が離れようとしている理由は、私が弱く、なんの力も持っていないからだ。……それが私の罪、そうだろう？」

レイチェルは彼の質問には答えられなかった。もし答えたら、今までの計画すべてが無駄になると察していた。

「……だ、大事なお話とは？」

「君が婚約破棄を狙って悪ぶっても、私には通用しないとはっきり告げておきたかっただけだ」

「……な、なにを言って……？　さきほど忍耐力が限界だとおっしゃっていましたよね？」

あれはレイチェルとの婚約が耐えがたいという意味ではなかったのか。

「わからないふりを続けるのは限界という意味で言ったんだ。……レイチェル、君がなにをたくらんでいても無駄だ。君のやり方は間違っている。その選択では幸せにはなれないよ」

その決めつけにレイチェルは憤る。

このままでは、すべての努力が無駄になってしまう。

「勝手に決めないでください！　私はただ、小さな頃から一緒にいるあなたをどうしても異性として意識できなくて……。それに、王妃になるよりも平凡な伯爵令嬢のまま、家格の釣り合う方と結ばれたほうが幸せだと気づいただけです」

レイチェルは自暴自棄になどなっていない。幸せを望む気持ちだって持っている。ただ、結婚相手がアルヴィンでは皆が不幸になるとわかっているだけだ。

「本当に？」

「本当です！　だって、そうでしょう？　私はアルヴィン様と一緒にいないほうが……ずっと楽なんです。わからないとは言わせません！」

彼には酷な言葉かもしれない。けれど事実だ。アルヴィンはすべての悪意からレイチェルを守れるほど強くない。そして逆も然り――この婚約は、王家の利益にもならないし、二人を幸せにはしてくれないと断言できた。

「レイチェル……、いいかい？　よく聞いて。君は一年後に破滅する悪役令嬢なんだ。だから今すぐツンデレをやめなさい」

「破滅？　ツンデレ……？」

「君は私から婚約破棄されたあと、静養のために都を離れる。そして今日から約一年後、暮らしていた屋敷に強盗が入り殺されてしまうんだ。……そのうちに、君は希代の悪役として、歌劇の題材になる。……もちろん、フィナーレは悲劇だ」

レイチェルはぽかんと口を開けたまましばらく動けずにいた。急にハッとなって、ギュウギュウに抱きしめられている隙間を掻い潜り、アルヴィンの額に手をあてた。

「……お熱はないみたいです。疲労でしょうか？」

「残念。私は正気だよ……狂気に囚われていたのは、今ではないから」

「今夜のアルヴィン様はやはりおかしいです。……なんだか先日とは……いいえ、これまでとは全然違う方みたい」

二人は今までずっと慎重すぎるほど適切な距離を保って接してきた。今夜のアルヴィンはそこから一歩どころか二歩、三歩と急に近づこうとする。言動も明らかにおかしい。まるで未来を見てきたかのような空想を語りだした。

十代の少年でもしないくらいの荒唐無稽な話をするのに、心が子供に戻ったというふうには感じない。それどころか、大人びた――知らない男の人になってしまった気がして、レイチェルは不安だった。

「同じ人間のつもりだけど……。まあいい、嘘つきな君にはやっぱり罰を与えよう」

アルヴィンの手のひらがレイチェルの頬に触れた。どんな罰が与えられるのかと彼女が警戒しているうちに、唇に温かいなにかが押し当てられた。

（キス……されて……る？）

レイチェルにとってはじめてのキスだった。なんの感想も出てこない。ただ心臓が爆《は》ぜそうになっていることしかわからない。

「……はじめてだよね？　私もだ。ずっと君だけ……こんなことすらはじめてなんだ」

ボソリとつぶやいたときに一瞬見えた彼の顔は、愁いを帯びていた。

すぐになにも見えなくなり、また唇が重なった。

(これ……なに？　誰……？　私の知っているアルヴィン様は、優しくて……少し頼りなくて……だから、私がしっかりしなきゃ……って)

レイチェルの混乱などお構いなしに、アルヴィンの舌が唇の隙間に割って入り、口内をまさぐった。

頭の中がアルヴィンに支配されていくのをレイチェルは感じていた。舌の感覚、体温、息づかい、抱きしめる腕の強さ――すべて、知らなかったことばかりだ。

怖いのに、胸の高鳴りだけは恐怖のせいではなかった。ドキドキして、知らない彼をもっと感じたいとすら思ってしまう。

やがてじわりじわりと浸食され、強い意志が保てなくなる。息をするのも、自分の足で立つことも忘れ、現実と夢の境界がわからなくなっていく。

レイチェルの世界はそのまま暗転した。

第二幕　はじめて会った日のことを、私は覚えていない

レイチェルとアルヴィンの婚約は、二人が生まれる前から決まっていた。

二十三年前、レイチェルの祖母は王妃の侍女として宮廷に出仕していて、王妃からの信頼が厚い人だったという。

王妃の懐妊中、宮廷内に賊が侵入するという事件が発生した。狙いは王妃とその腹に宿る子だったと言われている。その事件で、レイチェルの祖母は王妃を庇って勇敢に戦い――亡くなってしまった。

王妃は親しかった侍女の死を嘆き、ヘイウッド伯爵家の忠義に報いるためにこう提案した。

『もしお腹の子が王子で、ヘイウッド伯爵家に女の子が生まれたら、その子を王子の妃にしましょう』

しばらくして誕生したのが第一王子アルヴィンである。

当時、レイチェルの母も懐妊していたのだが伯爵家の第一子は男の子だった。だから四年後に生まれたレイチェルが「約束の子」だった。

(ずっと、ずっと……アルヴィン様の花嫁になれると疑いもしなかった……)

はじめてアルヴィンに会った日のことを、レイチェルは覚えていない。

家族から聞いた話では、まだ寝返りすら打てない頃からアルヴィンとの交流ははじまっていたという。

一番古い記憶は三歳頃だろうか。その頃からアルヴィンは優しい王子様だった。王妃もレイチェルを可愛がってくれた。

招かれて出向いた宮廷の東屋にたくさんのお菓子が並べられていて、アルヴィンと手を繋いでその場所まで駆けていく。東屋の近くにはアルヴィンと似た印象の王妃が日傘を差して立っている。第二王子キースは王妃のドレスを摑みながら、もう一方の手で「早くおいで」と手招きをしている。そんなまぶしい光景が目に浮かぶ。

「あ……っ!」

芝生の草に足を取られ、アルヴィンが盛大に転んだ。繋いだ手はそのままで、だからレイチェルも道連れになった。

「うっ、うわぁぁん」

芝生の上だったため、もしかしたら泣くほどではなかったのかもしれない。けれど三歳の子供は少しの痛みにも驚いて大げさに泣くものだ。

「あぁ、レイチェル！　ごめん、だいじょうぶ？　……どうしよう、どうしよう？」

声をかけ慌てながらも、アルヴィンはその場でなにもできずに見ているだけだった。

困り果ててオロオロと動き回る様子が愉快で、レイチェルの涙は自然に止まった。

「もう！　アルヴィンさまがはなしてくれないから！」

泣き止むと、可愛いワンピースが汚れてしまったことに腹を立てた。

「ほんとうにごめんね……」

レイチェルのほうから手を伸ばすと、アルヴィンがようやく気がついて立たせてくれる。

少し頼りないが心優しいアルヴィンと、気が強く、意地っ張りなレイチェル。アルヴィンが滅多なことでは腹を立てないから、大きな言い争いをすることもなく交流は続けられた。

伯爵家の人間は皆、真面目な気質だった。レイチェルは彼の妃としてふさわしい女性になるために不器用なりに努力してきた。兄も得意の剣術で日々精進を重ね軍の近衛部隊に所属し、アルヴィンの護衛役を務めている。

兄妹でアルヴィンを支えていく覚悟だった。

けれど時が流れれば、レイチェルを取り巻く状況は変わる。

今から三年前、流行病が原因で王妃が亡くなってしまった。周囲の者に覚悟の時間を与えてくれない唐突な死だった。

厳かな葬儀の日は小雨が降っていた。よく王妃と一緒に過ごした東屋を見つめ、雨に打たれるアルヴィンの横顔をレイチェルははっきりと覚えている。傘を持ってきて差し出しても彼は受け取らず、そのまま薄暗い空を見上げていた。

「王となるべき者は、簡単には涙を見せてはいけない」

彼はきっと、雨粒で涙を隠したかったのだ。強くあらねばと決意してもすぐには理想の人間になんてなれない。そんな葛藤が垣間見えた。

レイチェルはそれまで、彼をお日様のような人だと思っていた。けれどこの日の空のような暗い感情も持っていたのだ。

四つの歳の差は彼女が思っていたよりも大きかった。普段のほがらかな表情は、常に心からのものというわけではなく、年下の婚約者への気遣いが含まれていたのだとレイチェルははじめて知った。

「……レイチェルは今、なにを考えていたの？」

「ええっ、と。……私はアルヴィン様の涙を止めるために励ますべきなのか、それとももっと泣いていいと寄り添うべきなのか……わからなくて……」

生まれたときから頻繁に交流を持ってきたというのに、わかってあげられない自分が情けなかった。レイチェルは彼に頼ってもらえるような存在にはなれていないのだ。

「ありがとう。君のそういうところが好きだよ」

レイチェルは首を傾げた。すぐにその人のほしい言葉が思いつく、気の利いた者のほうが誰にとっても好ましいはずだからだ。

この日から、レイチェルはアルヴィンのことをもっと知りたいと思うようになった。表面的なことならば、誰よりも詳しい自信があった。けれど、彼はレイチェルにすべてを見せてはくれない。レイチェルが年下で、なんの力も持っていない女の子だからだ。

どれだけ彼を知ろうとしても届かなくて、もどかしかった。

このもどかしく、満たされない気持ちこそ恋心なのだと知ったのは、それからしばらくしてからだった。

その頃からだろうか、レイチェルの意地っ張りに拍車がかかったのは。

レイチェルは喪に服すアルヴィンに合わせ、落ち着いた色合いのドレスをまとうようになった。それと同時に、少女が好むものから淑女の装いに改めたのだ。

するとアルヴィンも自然にレイチェルを淑女として扱うようになった。

手を繋いで一緒に走ってはしゃぐことがなくなった。代わりに歩くときにエスコートしてくれるようになった。

クマのぬいぐるみやキャンディーを贈ってくれることもなくなった。代わりにリボンやちょっとした宝飾品をくれるようになった。

ある日、伯爵邸のこぢんまりとした庭に白い薔薇の花が咲いた。レイチェルが手紙で庭の薔薇が見頃を迎えることを告げると、アルヴィンは花が枯れないうちに伯爵邸の庭を散策しようという返事をくれた。

そして三日後に彼は約束どおり伯爵邸を訪ねてきてくれた。

「君の綺麗な赤い髪には白い薔薇が似合いそうだ。一輪だけ手折ってもいいだろうか？」

ほころびかけのみずみずしい花に触れながら、アルヴィンが問いかけた。レイチェルもいくつか切って部屋に飾っているのだから、一輪手折っても問題ない。けれど——。

「だめです！　棘が……」

薔薇には棘があるのだ。レイチェルは白薔薇に触れていたアルヴィンの手を摑んで、彼の行動を阻んだ。

アルヴィンはきょとんとして、すぐにほほえんだ。

「……あぁ、私が怪我をしないか心配してくれているんだ？　優しいな、私の愛おしい婚約者殿は」

愛おしいという言葉のせいで、急激に体温が上昇していく。

「違います。棘があるから髪に挿したくないという意味です！　……だから、手折っても意味がないと思って……」

なぜこんな本音とかけ離れた言葉を口にするのか、レイチェルは自分の行動が自分でもよくわからなくなっていた。

恥ずかしさと怒りは似ていて、はき違えているのかもしれない。

「心配してくれてありがとう」

彼は素直ではないレイチェルを誤解しない。

重なったままだった手を、今度はアルヴィンのほうが握る。そのまま口元に寄せて爪の先にちょこんとキスをした。

「……ずるいです」

せっかく淑女として扱われたのに、レイチェルは感想まで捻くれていた。

「どうして？」

年上で、優しくて、誰にも誤解されないほど素直で。けれどレイチェルは自分の恋心を自覚してもそれを上手く表に出すことができない。対等でないからずるいのだ。

「とにかくずるいです！　もう知らない……」

レイチェルは彼に背を向けて、歩きだした。彼の半歩前を歩いていれば、真っ赤になった顔を見られなくて済むからだ。

そんな内心すら、彼にはすべてお見通しだと思うと、やっぱり腹立たしかった。

ゆっくりと着実に、ただの幼馴染みから婚約者同士であるという自覚が育っていく。好意の種類が、親愛からたった一人にだけ抱く感情になっていく。

けれど、王妃の死は二人の関係を望まない方向に変えていった。

伯爵家の令嬢では将来国王となるべく生まれた第一王子の妃として、ふさわしいとは言いがたい。忠義に報いるという理由で決まった婚約ではあるものの、二人の婚約に最も積極的だった王妃が亡くなったのと同時に、風向きが変わってしまった。

社交界にデビューしたばかりのレイチェルの耳にも、口さがない大人たちの言葉が入ってきた。

『二十年以上も前のことで、伯爵家ごときがいつまで驕っているのか』

『もっと高位の貴族から妃を選んだほうが、やがてアルヴィン殿下の治世が安定するはずだというのに！』

過去に固執し、アルヴィンの足を引っ張るお荷物……高位貴族のあいだで、伯爵家やレイチェル個人にそんな中傷が浴びせられた。

だからレイチェルは、身を退こうと決意した。彼女も少しは大人になっていて、ただ誠実に好きでいるだけではその人を幸せにできないのだと気づいたのだ。

「アルヴィン様。……私は妃候補を辞退したいと思います。ですが、王家からいただき、一度お受けした縁談を伯爵家のほうから白紙に戻すことはできません。どうか、アルヴィン様から婚約の撤回を――」

「なにを言っているんだ!? そんなのありえない」

ある日、レイチェルのほうから申し出ると、温和なアルヴィンがめずらしく声を荒らげた。

「ですが……」

「大丈夫だよ、不安があるのなら一緒に考えよう。君以外の女性の手を取るなんて一度たりとも想像していないのだから。……私には君が必要だ」

アルヴィンがレイチェルの手を強く握ってそう力説する。握られた手が温かく、そして硬かった。

(私だって、離したくない……)

その日は強くは主張できず、すぐに引き下がった。

二人のこれからに漠然とした不安を抱えたまま、レイチェルは十七歳になった。

この頃からアルヴィンの父親である国王が体調を崩しがちになった。最愛の王妃を失った悲しみで気落ちしてしまった部分が大きいというのが周囲の見立てだった。それに伴い、アルヴィンが国王の代理を務める機会が増えていった。

アルヴィンは、レイチェルにとっては年上の素敵な王子様だった。けれど、宮廷内で力を持っているのは彼よりも一回り、二回り年上の高位貴族ばかりだ。優しすぎる部分が災いし、どうしても若輩者だと軽んじられてしまう。

政治に直接関わることのないレイチェルですら、宮廷内でのアルヴィンの立場が危ういのをひしひしと感じていた。

ある日、レイチェルは令嬢たちが集うラムゼイ侯爵家の茶会へ出席した。

ラムゼイ侯爵家の娘であるディアドリーはレイチェルと同世代の令嬢の中で、飛び抜けて優秀な才女だ。まっすぐな淡い金髪に薔薇色の唇、瞳は知的なアイスブルー。立ち居振る舞いの穏やかな美人で、友人が多い。趣味や教養もさることながら、宮廷内の人間関係や政治的な立ち位置をよく知っている。

レイチェルにとって、見習うべき存在だった。

そして、そんなディアドリーからこんな話を聞いた。

「ねぇ、レイチェル様はご存じ？　第一王子殿下は、税に関する法改正が上手くいかずにお困りのようですの」

「ええ……。存じております」

アルヴィンが進めようとしているのはわずかな税率変更だった。貴族は領民から税を取り立てて、その一部を国に納める。ハノルィン王国では豊かな領地からより多くの税を納めさせる累進税という制度を採用している。

アルヴィンは、わずかではあるものの、豊かな者が不利になるように税率を変更する法改正を推し進めようとしていた。

簡単に想像できる話だが、国の中枢にいる高位貴族ほど領地が広く豊かだ。だから、わずかな変更であっても、自分たちが損をする法改正など認めない。

高位貴族の反発が強く、アルヴィンが厳しい立場にあるという話は、レイチェルも聞いていた。

「わたくしの父は、条件によっては賛成の立場なのですが、とくにウォルターズ公爵が絶対に頷かないのだとか」

ディアドリーが詳しいのは、彼女の父親が宰相という地位にあるからだ。

こんなとき、レイチェルは自分ではどうにもならない立場の差を感じてしまう。レイチェルの父は宮廷に出仕する者ではない。兄は近衛としてアルヴィンに近い場所にいるが、政治的なやり取りを見聞きしても、それを妹には教えない。

そしてアルヴィンも、自分の弱い部分を年下の婚約者には見せないように努めている。

レイチェルはいつも蚊帳《かや》の外にいる気分だった。

劣等感に苛まれそうになりつつ、レイチェルは必死に今すべきことを考えた。素直にディアドリーから話を聞いて、アルヴィンのために自分がなにをしたらいいのか模索するべきだった。

「ウォルターズ公爵……？」

第二王子キースの婚約者であるマドラインの祖父にあたる人物だ。

「そうですわ。お父様のお話では、嫌がらせだろうと」

アルヴィンとキースは、兄弟としては仲がいい様子だ。けれど、それぞれ支持している者の派閥があり、二人の対立を煽るような言動をする者がいる。

ウォルターズ公爵はキースを次期国王として推している。だから、アルヴィンの進める法案の成立をわざと妨害し、政治的な実績を作らせないように仕向けているのだ。

「……私に、アルヴィン様をお支えできるだけの力があれば」

真摯に取り込むだけではどうにもならないことがある。アルヴィンが宮廷内の人間関係についてレイチェルになにも言わないのは、レイチェルやヘイウッド伯爵家がそこからはみ出した場所にいるからだ。

なにもできない、支えになれない。そう言われている気がした。

それからレイチェルは何度か、思い悩んだ様子のアルヴィンの姿を見かけた。婚約者の存在に気がつくと、気を遣ってほほえむ彼がいたたまれない。

ウォルターズ公爵に対抗できる家――たとえば、宰相の娘であるディアドリーと婚約していれば、こんな思いをしなくて済んだのではないだろうか。

教養や立ち居振る舞い、そして身分や政治的立場の強さなど、レイチェルはなに一つディアドリーに勝てないのだから。

アルヴィンの苦悩を知るたびにレイチェルは不甲斐なく、唯一できるのが妃にならないことではないかとより真剣に考えるようになっていった。

そしてもう一つ、レイチェルとアルヴィンの婚約とは直接関係のない場所でも問題が起きていた。

ある日、屋敷で勉学に勤しんでいたレイチェルが、本を借りようと父の書斎へ足を向けたところ、深刻な様子で話し込んでいる父と兄の声が聞こえてきた。

「取引先がなくなった？　そんなまさか！」

マーカスの声だった。

「……シッ！　大きな声を出してレイチェルに聞かれたらどうするんだ」

自分の名前が出たことで、レイチェルはその場から動けなくなった。悪いとわかっているのに聞き耳を立ててしまった。

二人の話によれば、ヘイウッド伯爵領の特産品である生糸が最近、まったく売れなくなってしまったのだという。

「でも、どうしてなんですか？　父上」

「今まで生糸の生産をしていなかった地域で、養蚕が行われるようになったそうなんだ。取引価格が……伯爵領産のものよりもわずかに安い……だから……」

「ですが、わが領民たちが長年培ってきた技術はたやすく超えられるものではないはずです！」

　生糸の生産は、桑畑を管理する者、蚕を育てる者、糸を紡ぐ者、またそれらに関連した技術者の助言や莫大な設備投資が必要だ。気軽に参入できるものではないはずだった。

「品質はわからないが、価格は目に見えるからな……。そろそろアルヴィン殿下とレイチェルの婚儀についても日取りを決めなければならない時期だというのに、困ったものだ」

　この国の女性の結婚適齢期は二十歳前。幼い頃から婚約者が定まっている十七歳のレイチェルはもう結婚していてもなんら不思議ではない年齢だった。

　二十歳を超えたアルヴィンも然り。王族の婚姻には様々な儀式や手順を踏むことが求められている。諸外国から国賓を招いての盛大な婚儀になるだろうから、準備には一年は必要だった。だからそろそろ結婚に向けての前進があるはずだった。

「王家への持参金ですか……？」

　マーカスが指摘する。その言葉を聞いたレイチェルは思わず息を呑んだ。

（持参金は、相手の家柄によって決まるのよね……？）

それがこの国での常識だ。とくに王族の、しかも順当に行けば次の国王となるべくして生まれたアルヴィンに嫁ぐのだ。それ相応の額となる。

「最初から決まっていたのだから蓄えはしていたんだ。……だが……この難局を乗り切るためには……」

「王家への忠義によって決まったのですから、減額していただくというわけには？」

「……アルヴィン殿下に相談すれば、可能だろう。しかし、それでは宮廷内でのレイチェルの立場が危ういものになるのはわかりきっている！」

父と兄の話から、生糸の件で領地の運営が上手く行かず、持参金として用意していた資産に手をつけないと伯爵家が傾くという状況が伝わってきた。

レイチェルはそれ以上聞いていられず、足音を立てないように注意しながらその場を離れた。私室にたどり着いた瞬間に急に身体がガタガタと震えてその場に崩れ落ちた。

「……なんで……？　ただ好きなだけじゃ、誰も幸せになれない……っ！　家族だけじゃない。アルヴィン様も、私も……皆が不幸になってしまう」

いったいこの結婚を誰が祝福するのだろうか。

けれど正義の人であるアルヴィンは、きっとそんな理由では婚約を破棄してくれない。

この結婚は、彼にとっては亡き母親の願いである。忠義を尽くした伯爵家を見捨てることはできないだろう。

「どんな理由なら……?」

レイチェルは必死に考えた。持参金の件を口にしたらそんなものはいらないと断言するに決まっていた。

その後立場が悪くなるのはレイチェルだけではない。伯爵家もきっと「王家がなんでも許すのをいいことに、恥知らずな行いをしている」という誹《そし》りを免れない。

(そうだ! 私がアルヴィン様を嫌いになろう。……もうそれしかないわ)

レイチェルが本気でアルヴィンとの結婚を望んでいないと彼に伝われば、無理強いはしてこないのではないか。

そして彼にもレイチェルを嫌いになってもらうのだ。二人で共にある幸せな未来が想像できなければ、過去の忠義に報いるという責任を優先しようとは思えなくなるはず。

方針を決めてから三日後。直前に王者の紫《ロイヤルパープル》の絹織物を与えられたこともあり、レイチェルは焦っていた。このままではどうあっても引き返せないところにたどり着いてしまいそうで不安だったのだ。

だから、アルヴィンが伯爵邸を訪ねてきてくれた日、レイチェルは婚約破棄を強く主張した。

「親世代の出来事で私が好きな男性と結婚できないだなんて、おかしいです! 時代錯誤です！　そう思いませんか？」

伯爵邸自慢のサンルームで二人きりになったところで、レイチェルはアルヴィンの説得を試みた。

「……私を嫌っているとは思えないが……？　好きな人……？　君がマーカス以外の男性とまともに話をしているのを見たことがないし、報告も上がっていないよ」

アルヴィンの目が据わっていた。レイチェルの言葉を信じていないのだ。

「これから作りたいという意味です！　わ、私は頼りがいのある方が好きなんです。もう子供ではありませんから、アルヴィン様の都合を私に押しつけるのはやめていただけませんか？」

「婚約をなかったことにはできない。それでは忠義に報いたどころか、令嬢の未来を台無しにした最低な人間になってしまう」

相変わらずアルヴィンは、この件に関して取りつく島もない。けれどレイチェルも引き下がることなどできないのだった。

「そんなのアルヴィン様の自己満足でしょう？　私の幸せは私が一番よくわかっています」

それでもアルヴィンは頷いてくれない。

「気に入らない部分があったとしたら、互いにそこを直していくほうを選ぶべきだ」

「でも！」

政略的に意味のある結婚ならば、良好な関係を築くために互いに歩み寄るのは正しい。けれどレイチェルは思うのだ。この結婚には政略的なメリットはなにもなく、どんなに二人の仲がよかろうと幸せは望めない……と。

レイチェルはさらに言葉を続けようとするが、アルヴィンが首を横に振り、これ以上この件について話し合う気がないことを態度で示す。

「それよりも、来週は王立病院への視察があるからそちらの準備を優先しよう。君の立場を守るためにも、近い将来の妃として正しい行動を頼む」

「……視察にはご一緒いたします」

じつは王立病院への視察は、税率の変更に関連して予定を組まれた公務だ。

累進税率の変更により、大貴族は増税、領地運営の厳しい者は減税となるのだが、国全体としての税収はやや増えるように計算されていた。

増えた税を医療や学問の分野に振り分けることで、十年、二十年先の国の安寧を保とうというのだ。だから大貴族たちにとってもデメリットばかりの政策ではない。誰もが住みやすい国のために、先行投資を依頼するという意味合いが強かった。

今回は、それを理解してもらうための大切な公務だった。

レイチェルは、婚約破棄をめざしているのに、彼を邪魔する行動ができない。婚約破棄を望む理由が、アルヴィンの立場を慮ってのことだから。

この日も結局、彼から決定的な言葉は引き出せなかった。

そして一週間後。重要な日に限って、レイチェルは朝から体調を崩してしまった。

原因は月の障りで、あまりの痛みに立っているだけで冷や汗が吹き出し、視界が暗くなるほどだった。

当然、視察には同行できず、宮廷に使いをやって体調不良を告げたあと、家でおとなしくしているしかなかった。

動けないほどの激痛は数時間で治まった。午後になってから、レイチェルがベッドに台を置いて、アルヴィンへ謝罪の手紙を書いていると、数名の友人が見舞いに来てくれた。

皆、同世代の貴族の令嬢たちだ。

「レイチェル様が体調を崩されて視察に行けないとうかがったので、せめてお見舞いだけでもさせていただきたいと思いましたの」

見舞いの発案者は子爵令嬢のモーリーンだった。宮廷に勤める者を父に持つ令嬢だから、視察を取りやめたレイチェルの体調不良を知ることができたのだ。

「……恥ずかしいわ。じつは月の障りなんです。午後になってからはこのとおり」

ナイトウェアの上にガウンを羽織ったままベッドの上に座った状態での出迎えになってしまったが、もう回復していることを示したくて、レイチェルは力こぶをつくる仕草をしてみる。

「あぁ、そうだったのですね？　よくわかります……ひどい日は、動いたら貧血で倒れてしまいますものね」

令嬢の一人が頷いて、同意を示した。

「今日は大切なお約束があったので、情けないです」

そう口にしてみたものの、視察に同行しないほうが婚約破棄のためには都合がいいというのもレイチェルにはわかっていた。

婚約者が病欠しても、アルヴィンの政策に影響が出るわけではない。

一緒に行くことで、レイチェルがアルヴィンを支え、彼の政策を理解し、よき妃になるつもりがあることを周囲に示す目的があった。

臆病なレイチェルは、行かないほうがいいとわかっていても体調さえよければきっと行っていただろう。腹痛に感謝すべきだった。

「ちょうどよかったですわ。わたくし、お見舞いの品にハーブティーを持って参りましたの。リラックス効果があるので、月の障りの腹痛にぴったりです」

モーリーンが、可愛らしい包装の箱を見せてくれた。箱の中に入っているのはハーブティーの缶だった。

「ありがとうございます。……ちょうど喉が渇いていたので、いただこうかしら？　大した用意もできませんが、よろしければ皆さんもご一緒に」

レイチェルはメイドを呼んで、ハーブティーの缶を預けた。

しばらくすると、焼き菓子と一緒にもらったばかりのお茶が運ばれてくる。

「まあ、お見舞いの品を届けたらすぐにおいとまするつもりでしたのに」

「かえって気を使わせてしまって申し訳ないですわ」

令嬢たちはそう言いながらもソファに座ってくれた。

ポットからカップへとお茶が注がれると、あたりに甘く独特な香りが立ち込める。レイチェルはカップをそっと口元に近づけて、まずは香りを確かめた。

「ジャスミンでしょうか……？　けれど、ほかの香りも……」

ベースはジャスミンだとすぐにわかるが、ほかにも混ざっているようだった。

「ええ、ジャスミンにカモミール、それから乾燥させたラズベリーも入っているんです。わたくしのお気に入りですわ」

モーリーンが、そう言ってからおすすめの店を紹介してくれる。お茶を一杯飲み干すだけの短い時間ではあったものの、レイチェルは友人たちとの会話を楽しんだ。

友人たちも長居はせず、レイチェルを気遣いながら、早々に帰っていった。

◇　◇　◇

その十日後。レイチェルは呼び出しを受けてアルヴィンの執務室を訪ねた。彼が事前の約束もなしにレイチェルに会うのは非常にめずらしいことだ。

宮廷勤めの女官に案内され、通い慣れたアルヴィンの執務室の中へと入る。

「アルヴィン様、レイチェルです。……いかがなさいましたか?」

重厚な執務用の机でペンを走らせていた彼が顔を上げる。

その表情には非難の色が含まれていた。滅多に怒ることのない彼が、レイチェルには決して見せなかった顔だ。

すぐになにかよくない話があって呼び出されたのだと彼女は悟った。

「レイチェル。答えてくれ、視察の日……君はどこでなにをしていたんだ?」

「……視察? ずっと屋敷におりました」

体調不良だと使いの者を通して伝わっているはずだし、あとから謝罪の手紙も書いている。屋敷で寝ていたに決まっているのにおかしな質問だった。

「屋敷で、なにをしていた?」

「なにって……」

「君は、令嬢たちとの茶会をするために仮病を使ったのか?」

「……はっ!?」

なぜ仮病だと決めつけるのだろうか。原因がはっきりわかっていたから医者にはかかっていないが、本当に立てないくらい具合が悪かったのだ。そして「令嬢たちとの茶会」の意味もわからなかった。

「あの日、君に招かれて伯爵家の茶会に参加したという者の証言が寄せられた。……それも、複数……」

「では招いてなどおりません！」

「では令嬢たちが嘘をついているのだろうか？」

そこまで聞いて、レイチェルは「茶会」がなにを指すのか理解した。私室で見舞いの品としてもらったハーブティーを飲んで、焼き菓子を一つ摘まんだあのひとときを指すのではないだろうか。

「それも違います。招いてはおりませんが、友人たちとは確かに会いました。私が体調不良だと知って、お見舞いに来てくださったのです。午後には気分がよくなっていましたから、一緒にお茶を一杯だけいただきました」

「……それでなぜ、視察への同行を嫌がって遊んでいたなどと噂される事態になったんだ！」

視察への同行は、レイチェルの立場を少しでもよくするためにアルヴィンが誘ったものだった。それを蔑ろにされたと感じて、彼はこんなにも憤っているのだ。

（……これは、罠なんじゃゃ……？　モーリーン様たちが、事実をねじ曲げて広めたのでは？）

　確かに令嬢たちの訪問を受けたとき、レイチェルは回復していて彼女たちに心配をかけまいとして元気だと言い切っていた。けれど、体調不良の原因も説明していたし、彼女たちも理解する素振りを見せていた。

　お見舞いに来てくれた者に一杯のお茶と焼き菓子を出しただけで、そんな話が広まるのは不自然だ。

　彼女たちの父親の一人が、朝の時点でレイチェルの体調不良を把握できる立場にあったのはわかっている。けれど、所詮は体調不良。わざわざ日中、それを娘に伝える必要はあったのだろうか。

　考えられるのは、どういう病気なのか探ってくるように父親が命じた――などだろう。ただの悪意のほうが何倍もましだった。好意に偽装した悪意のほうが、より深くレイチェルを傷つける。彼女たちは、親しい友人だったはずなのだから。

「……アルヴィン様、私は……」

「ごめん、婚約破棄が君の望みだと聞いていたのに、私に遠慮してのことだと思って真面目に考えなかった……そんなに……っ」

（違う……！　違います……私は！）

　完全に誤解だった。すぐに否定し、きちんと説明すればアルヴィンならきっとわかってくれる。そう思うのに、レイチェルはそれを言葉にするのをためらった。

嘘と誤解と誇張が混ざっているが、レイチェルの望みが叶いはじめているからだ。

(こんなにっ！　……ここまで私が悪く思われないと、願いは叶わないの……？　だって私はただ……アルヴィン様を想って……)

はじめて思いどおりになったというのに猛烈な不快感が込み上げて、レイチェルの胸のあたりをギュッと締めつけた。

涙が溢れそうになり、レイチェルは咄嗟に彼から目を逸らし、背を向けた。

「……ご用件がそれだけならば、今日はもう失礼いたします」

アルヴィンは引き留めてくれなかった。

いつものように、「意地っ張りはいけないよ」とも言わなかった。


この一件以降、レイチェルとアルヴィンの関係は急激に悪化していった。

人目のある場ではアルヴィンはまだレイチェルのことを婚約者として扱っていたが、心が離れていくという状況がどんなものなのか彼女は身をもって実感していった。

(ただ好きな人を好きでいられたら……どんなに幸せだったのかしら。アルヴィン様の幸せと私の幸せが同じだったら……、どんなに……)

それから一ヶ月。十八歳の誕生日を過ぎた頃、義務的に行われていた二人だけの茶会でアルヴィンはこう言った。

「君は随分変わってしまったね……」

ナイフのようなその言葉は胸の深い部分に突き刺さった。

(これはきっと罰なんだ……)

レイチェルは自分が耐えられる範囲で嫌われるつもりだった。できれば性格の不一致や未来志向で互いにふさわしい者がいると納得したうえでの別れが望みだった。

そんな都合のいいことばかりを望む勝手さに対する罰なのだ。

宮廷舞踏会まで一週間。そろそろレイチェルの願いは叶うのだろう。

第三幕　仮面舞踏会の淫らな夜

レイチェルは一晩中アルヴィンのことを夢に見ていた。

夢の中でもレイチェルはあの王者の紫《ロイヤルパープル》のドレスをまとっている。

アルヴィンは以前のように笑っていて、レイチェルもなぜ嫌いなふりをしなければならないのか、その理由を忘れてしまっていた。

やがて、彼の整った顔が近づいてきて唇が重なった。心がふわふわとして、早くこの気持ちを彼に伝えたいと強く思った。けれどキスをしたままでは声が出せない。

なんだかもどかしくて、ずっと続けてほしくて――。


目が覚めたらすでに空が明るかった。

昨晩の宮廷舞踏会でアルヴィンにキスされて気絶したレイチェルは、そのまま朝までぐっすり眠ってしまったのだ。

(あぁぁっ！　信じられない)

あまりに衝撃的な出来事だったため、夢の中にまでアルヴィンが出てきてしまった。甘ったるい妄想が恥ずかしく、レイチェルの目は一気に覚めていく。

ドレスとコルセットはメイドの誰かが脱がせてくれたのだろう。肌着姿に毛布をかけられている状態だった。

状況がわかると、昨晩の出来事の実感が急に湧いてきた。

「……あれが、私のファーストキス……？」

唇だけが妙に敏感になり、まだジンと疼いている。アルヴィンに散々吸いつかれたせいで、わずかに腫れてしまったのだ。

はじめてのキスは、ほんのり甘くて温かい気持ちになれるものだと予想していた。なにせレイチェルの王子様は奥手で慎重な青年だから。

予想に反して、アルヴィンは激しい大人のキスをレイチェルに与えた。なにも考えられなくなるほど刺激的で、思い出すだけで顔から火が出そうだ。

「……本当になんだったの？」

アルヴィンは予言めいた言葉を口にしていた。もちろん常識で考えれば未来の出来事など正確に言い当てられるはずがない。

「だとしたら……、私の演技が下手ということだわ！　そうに違いない」

最近彼はレイチェルに不信感を抱いていた。それは望んでいた状況のはずなのに、事実に反する内容までアルヴィンが信じているのを知ると、レイチェルは傷つき苦しかった。

アルヴィンが急に態度を変えて好意的になったのは、なにかの理由で悪い噂のいくつかが嘘だったと気づいたからだろう。

だから、ドレスの一件が侯爵令嬢ルシンダの嫌がらせだったと見抜いたのだ。

「一年後に破滅する……？　私を改心させるためにそんな荒唐無稽な作り話をしたのかしら？　でも……」

アルヴィンはこれまでも、レイチェルを妃にしようとすれば次期国王としての立場が危うくなるとわかっていて、それでも「不安があるのなら一緒に考えよう」と言い続けていた。

けれどレイチェルとしてはどうしてもその言葉を受け入れられなかった。アルヴィンも、伯爵家も、親しい人が誰一人として幸せになれない選択なのは明らかだ。

望みどおりに法案が通らないのも、持参金の額で伯爵家が窮地に陥りそうなのも、なにも変わっていない。

やはり今後も破談に向けて動こうと彼女は決意した。

ただ、どうしたらアルヴィンにあきらめてもらえるかを考えると彼の顔が浮かんで、悪巧みがなにも思いつかなくなる。

レイチェルは毛布の中で丸まって悶えた。

「姉様！　レイチェル姉様。開けますよ」

突然、軽快な声が響く。同時に扉が開く音がした。

「ナタリア……おはよう」

茶色い髪にレイチェルとよく似た青い瞳をした女性は、大叔母の嫁ぎ先である男爵家の令嬢でナタリアという名だ。彼女はレイチェルより一つ年下ではとこにあたる。

今年デビュタントを迎えたのだが、男爵家はタウンハウスを所有していないためヘイウッド伯爵家に滞在しているのだ。

快活で人なつっこいはとことレイチェルは、本当の姉妹のような関係だった。

「おはようございます。……姉様ったら！　寝坊ですし、お化粧はきちんと落としてから寝ないと肌に悪いですよ」

「そうね……」

レイチェルは用意されていた洗面用の水を使って顔を洗い、着替えを済ませるために立ち上がる。

「わざわざ起こしにきてくれたの？」

「それもあるんですが……はい、こちらアルヴィン殿下からの贈り物です！　ついさっき、使いの方が持ってきてくださいました」

「そ、そう……」

ナタリアが後ろ手に隠していたのは白薔薇だった。茎を短めにカットして丸いフォルムになっている小ぶりの花束だ。メッセージカードも添えられている。

『以前、君には白い薔薇が似合うと言ったのを覚えているだろうか？』

その短いメッセージだけで、白薔薇を眺めて散策した日の記憶が蘇る。レイチェルはナタリアに見られる前にカードを机の引き出しにしまった。

「本当に素敵ですよね……いいなぁ」

ナタリアがうっとりとしている。

「……薔薇が好きならあげるわよ？　いらないもの」

アルヴィンはとくに理由もなく、こういう小さな贈り物をする青年だ。ただ、ここのところは婚約者としての最低限の義務を果たすだけで余計な贈り物はなかった。やはり彼はレイチェルを誤解しなくなってしまったのだ。

アルヴィンに冷たい視線を向けられるたびに感じていた胸が締めつけられるような苦痛からは解放されたが、レイチェルとしては喜んで受け取ることはできなかった。

「姉様！　なんでアルヴィン殿下にだけツンツンしちゃうんですか？　本当は嬉しくて恥ずかしいだけのくせに。顔に書いてあるのに否定するのって余計に恥ずかしくないですか？」

「ち、ちが……」

「それに、私が言いたいのは、お花のプレゼントという気遣いそのものが素敵だという意味です。お花がほしいのではなく、贈られたいんです！　わかりますか？　この違い」

ナタリアは鼻息を荒くして力説した。

「少し前に兄様からもらっていなかった？」

ナタリアとマーカスは恋人同士でも婚約者同士でもなく、あくまでもはとこ同士で兄妹のような関係だ。そしてよく言い争いをしているのに、仲はいい。

「いただきました！　いただきましたとも！　ただ、訓練中に負傷した同僚の方を見舞ったら、その方の病室に溢れんばかりの花が並べられていて、邪魔だから持って帰ってほしいと懇願されたんだそうです。……すべて女性からのお見舞いの品らしいですが」

花を購入したのは誰だかわからない女性。あいだに同僚とマーカスの二人の男性が入ってナタリアにたどり着いた。確かにそれではまったく嬉しくない。

「兄様らしいわ」

レイチェルの兄マーカスは、人からもらったものをさも自分が買ってきたかのように装う図々しさを持ち合わせていなかった。

同時に、女心を慮ることが一切できない青年である。

「……なんだか女性の怨念がこもっていそうな気がしたので、ダイニングルームに飾りました」

「ごめんなさい、気の利かない兄で。……あ、でも先週は二人で買い物に行ったでしょう?」

その言葉を聞いた瞬間、ナタリアは両手を強く握り、拳を震わせた。きっと買い物中もなにか嫌な体験をしたのだろう。

「行っただけです! 実家からお小遣いをもらっていますから買ってほしいわけじゃなかったんです。でも、ショーウィンドウのドレスが素敵だという話をしたら『レイチェルが似たようなものを持っているから、借りれば節約になるぞ』って言ったんですよ! 信じられます? 姉様……」

「節約……」

確かにレイチェルとナタリアは身長と体型がほぼ一緒である。伯爵家は貴族として特別裕福な家ではないし、最近は生糸の件で負債を抱えているのだが、ドレスはアルヴィンがよく贈ってくれるためたくさん持っている。

ナタリアとはドレスの貸し借りを頻繁にしているが、節約と言い切られるとなぜか腹が立つという気持ちはレイチェルにもよく理解できる。

「それから昼食は大盛りで有名なお店に行きました。女性客は私一人で……。残してはいけないという無言の圧に呑み込まれそうでした」

「兄様のお皿に載せてしまえばいいじゃない」

「こんなことくらいで敗北を認めるものか！　と……。私の闘争心に火がつきました。もちろん、完食です」

なんだかんだといいつつ、仲のよい二人である。けれど指摘すると大声で否定しそうなので、レイチェルは黙っていることにした。

それからレイチェルは、アルヴィンが贈ってくれた薔薇を手ずから花瓶に移し替え、チェストの上に飾る。顔を近づけると薔薇特有の濃い香りが鼻孔をくすぐった。

「はぁ……。私の王子様はいつ来てくださるのでしょうか？」

ナタリアもため息交じりに薔薇の花を見つめている。とりあえずマーカスは今のところ、どうやっても彼女の王子様にはなれないらしい。

◇◇◇

午後になると侯爵令嬢ディアドリーの訪問を受けた。

彼女とは最近親しくしていて、今日は恋の相談があるということで数日前に手紙をもらっていた。

ディアドリーは相変わらず父親経由で政治的な話題もよく知っていて、レイチェルにとっては貴重な情報提供者と言える。

アルヴィンは都合の悪い部分をレイチェルに教えてくれない人だから、ディアドリーがいなければ、誰がアルヴィンの味方で、誰が敵なのかもわからない。

「じつは、わたくしの意中の方が近々舞踏会に参加するのです……。お忙しくてたまにしかお目にかかれないの」

ディアドリーが頬を染める。いつも落ち着いて知的な印象の令嬢でも、恋をするのだ。

高位貴族なら、親の決めた相手との結婚が当たり前だから、彼女の告白は意外だった。

「ディアドリー様にもそのようなお方がいらっしゃったのですね？」

「恥ずかしいですわ……。それでね、ぜひともその舞踏会に参加したいのだけれど、一人では勇気が持てなくて。レイチェル様も一緒に来てくださらないかしら？　仮面舞踏会なの！　きっと楽しいはずですわ」

「仮面舞踏会に？　ですが、私は……」

レイチェルは生まれたときから婚約者が定まっていたため、常にパートナーはアルヴィンである。彼抜きで参加するのは、昼の茶会など女性だけの集いに限定されていた。

仮面舞踏会は互いに身分や名を明かさないので、羽目をはずす者が多いという。レイチェルの中では行ってはいけない場所という位置づけだった。

（アルヴィン様が嫌いそうな場所ではあるけれど……）

華やかな夜の社交界に無断で出席するのは、彼に嫌われるための作戦になるのかもしれない。ただし、アルヴィンからの「破滅する」という忠告も頭の片隅にあり、判断に迷った。

「レイチェル様。ギャラガー家はご存じでしょう？」

「目抜き通りに大きな店を構える商会ですね？」

ギャラガーといえば、ハノルィン王国の高貴な身分の紳士淑女が御用達の商会である。都の目抜き通りにある本店では、衣料品やアクセサリー、異国から入ってきためずらしい品々が買える。

「その上客だけが招待される特別な舞踏会なの。……高貴な紳士淑女しかいないし、決して危険な集まりではありませんわ」

レイチェルはギャラガー商会で日記帳を買っている。文字を覚えたばかりの頃、アルヴィンが贈ってくれたのだ。最初の一冊は使い終わり、同じ型の品物がその店で売っているため時々訪れていた。

おそらく上客になるには、宝飾品の購入やドレスのオーダーという金額の大きな買い物が必須なのだろう。ギャラガー商会はいくつかのドレスショップを営んでいるが、どの店も貴族の中では平凡な伯爵家には手が届かないくらい価格設定が高い。宰相を務めるラムゼイ侯爵の娘ともなれば、特別な招待状が届くほどギャラガー商会との付き合いがあるのだ。

「わたくしも何度か参加させていただいたのですが、相手の年齢や名前を詮索しないという規則があるからこそ、おもしろいお話を聞けるのですわ」

ディアドリーの言う、おもしろい話とは笑えるという意味ではない。

「政治や商いの話でしょうか？」

「ええ。誰よりも政治に関心があるのは、もしかしたらわたくしたち貴族ではなく商人かもしれません。商いは政治と密接に関係していますから」

「わかります。……もし変化を読み違えたら彼らは大損をしてしまうのですから」

だったら商会が主催する仮面舞踏会は、商会の関係者が特権階級から上手く政治に関する情報を引き出す場になるのだろう。

「ええ、さすがはレイチェル様。未来の王妃となられる方ですわ」

王妃という言葉を聞くと、レイチェルの胸の中にモヤモヤとしたものが蓄積されていく。

「……それは……まだ……正式なものではありませんから」

「第一王子殿下の婚約者なのですから、謙遜の必要はありませんわ。広い世界を知るためにも、選ばれた者たちの集う場所でどんな会話がされているのか、あなたは確かめるべきです」

「そうかもしれません」

美しく聡明なディアドリーをレイチェルは尊敬し、彼女のようになりたいと願っていた。ディアドリーのような振る舞いができるのなら、本人の望まない誤解が生まれる隙もなかった気がしたのだ。

そんなディアドリーが訪れ、有意義な会話ができる場所だというのなら、レイチェルも行ってみたいと思えた。

「ねぇ、お願いレイチェル様。一緒に行きましょう？　わたくしだって何度も参加しているのですから」

「……わかりました、ぜひ連れていってください」

婚約破棄の目標はまだあきらめていなかった。ただ、今後どのような立場になったとしても正しい選択をするための自信がほしいとレイチェルは切望していた。

この都の中で最も変化に敏感な者たちの集いは、ディアドリーの言うように、レイチェルに知識を授けてくれる気がした。

「それなら、仮面舞踏会にふさわしいドレスをプレゼントいたしますわ！」

「そんなわけには……」

「ちょうど、サイズの合わないものがあるのです。互いのドレスを知っておかないと、会場で落ち合えませんから。迎えの馬車も手配いたします」

レイチェルはチラリとディアドリーの胸元を見た。身長はほぼ同じだし、二人とも貴族の令嬢としては平均的な体重だろう。けれど、彼女のほうが胸がふくよかだ。

なんとなく敗北感に苛まれながら、レイチェルはディアドリーの提案をすべて受け入れた。

◇ ◇ ◇

仮面舞踏会は四日後の夜だった。ディアドリーは翌日、招待状や衣装を伯爵邸に届けてくれた。そして会場で落ち合う場所や合図まで完璧なプランを立てた。

問題は、家族になんと説明するかという部分だった。

おそらくレイチェルが仮面舞踏会に参加すると正直に告げたら、両親も兄も許可などしないだろう。

そこでレイチェルは、ディアドリーから個人的な晩餐の席に招かれたという嘘の予定を家族に告げた。実際、ラムゼイ侯爵家の手配した馬車で送迎されるのだから、目的地が多少違っても問題ないのだ。

そうして迎えた仮面舞踏会の日。レイチェルとナタリアは屋敷のサンルームで午後のお茶の時間を楽しんでいた。

「雨ですね」

ナタリアがサンルームのガラスを見つめながらつぶやいた。レイチェルも視線を外に向ける。ポツリ、ポツリ、と大きめの雨粒がガラスにあたり弾ける音がした。

雨音はどんどん大きくなり、あっという間に庭が見えないほどの豪雨となる。

「姉様は今夜お出かけですよね？　……大丈夫でしょうか」

「困ったわね。馬車を使ったとしても、どうしてもドレスの裾が濡れて、泥が跳ねてしまうもの」

ドレスを着るのには時間がかかるから、まもなく支度をはじめなければならない。小雨ならば問題ないが、豪雨なら仮面舞踏会も中止になる可能性がある。

「通り雨だから大丈夫だ。夕方になったら虹が見える」

ふと、扉のほうから声がした。振り向くとマーカスが立っていた。

「兄様？　なんで虹が見えるなんてわかるんですか？」

レイチェルは疑問に思った。雲行きから天気が予想できたとしても、虹が出ることを断言するだろうか。

「あっ、いや……。見えるかもしれない、と言いたかった。雲の様子からして通り雨だろう？　雨上がりに虹が見えたらいい……と思っただけだ」

レイチェルとしては、どんよりとしていて空全体を覆う雲が短時間で流れ、空が晴れるなどとは到底想像できなかった。けれど軍人であるマーカスのほうが、そういったことに詳しいのかもしれないと、一応納得する。

「虹が見えるかどうかを気にするなんて。兄様にそんな情緒ありましたっけ？」

ナタリアが訝しげな顔で問いかける。彼女は気の利かないマーカスのせいで度々悲惨な目に遭っているのでそう感じるのは当然だった。

食べ物や剣術のことならともかく、女性が好きそうな虹を兄が気にするのはレイチェルとしても意外だった。

「ほっとけ！」

マーカスは面倒くさそうにしながら、サンルームを去っていった。結局、彼がなぜ妹たちのおしゃべりの場に姿を見せたのか謎だった。

打ちつける雨音がうるさいため、レイチェルとナタリアのお茶会はお開きとなった。

それからしばらくすると、マーカスの言ったとおり、急に空が明るくなった。

雨上がり、レイチェルの部屋からは二重の虹が見えた。

虹は、通り雨の多い夏場のほうが発生しやすい。寒い季節の虹はありがたみがある気がした。

「久しぶりに、いい日記が書けそう」

十に満たない頃にアルヴィンから日記帳をもらって以来、レイチェルは数日おきに日記をつけていた。家族にもアルヴィンにも言えない本音やその日にあった出来事を綴っている。

最近は嫌な話ばかりが続いてしまったので、今夜は絶対に楽しい思い出を文字にしようと心に決める。

この天候なら問題ないと判断したレイチェルは、出かける支度をはじめた。

ディアドリーが用意してくれたのは、ギャラガー商会で仕立てられた黒の夜会服だった。レース素材をふんだんに使っていて、淡い色の生地が透けて見える。無彩色でまとめられているのに華やかだ。

「このドレス……なんだか目立ちすぎる気がするわ」

黒のドレスは、レイチェルの赤い髪を引き立てる。きつめの容姿には合っているのかもしれないが、彼女のめざす理想の女性像とはかけ離れていた。

「……おい、レイチェル。開けるぞ」

鏡の前で何度も姿を確認していると急に外からの呼びかけがあった。

「待っ、兄様……！」

ガチャリ、と扉が開く。マーカスはレイチェルが許可を出す前に堂々と部屋に入ってきてしまう。

「着替え中だったらどうするんですか！」

レイチェルは思わず声を荒らげる。血の繋がった兄であっても、もう子供ではないのだから、許可のない入室は認められなかった。

「……いや、すまん。まぁ、終わってたんだからいいだろう。それより今日は侯爵令嬢に招かれているんだったよな?」

「ええ。個人的な席ではあるけれど、晩餐を一緒にと。兄様の天気予報が当たりましたね! おかげで支度も間に合います」

「そうか……、よかったな」

マーカスは黒のドレスを食い入るように見つめている。友人の屋敷での晩餐にしては、服装が派手だと見抜かれているのだろうか。兄の鈍感さを今こそ発揮してほしいと祈るばかりだ。

沈黙と奇妙な視線のせいで居心地が悪い。自然とレイチェルの視線は窓のほうへと向いた。すると伯爵邸の門をくぐり、馬車が建物に近づいてくるのが見えた。

「あ、迎えの馬車が到着したみたいです。……それでは兄様、行って参ります」

「ああ、気をつけて」

約束の時間よりはだいぶ早い到着だった。レイチェルは兄の視線から逃れたくて、とりあえずエントランスホールへ向かった。

ちょうど伯爵家の家令が迎えの者と言葉を交わしているところだったのだが——。

「やあ、レイチェル」

迎えの者――はなぜか夜の正装に身を包んだ青年で、しかもレイチェルのよく知る人だった。

「ア……アルヴィン様⁉　どうしてここに……？」

ありえない人物の来訪に、レイチェルは冷や汗をかいた。

黒のドレスは明らかにレイチェルの趣味ではなく、友人との晩餐の席には似合わない。

マーカスの目はごまかせても、アルヴィンの目をごまかせる気がしなかった。

「どうしたの？」

「……あの、本日はどういったご用件でいらっしゃったのですか？」

アルヴィンはきょとんと首を傾げる。

「ご用件？　なにを言っているんだろう。歌劇の鑑賞に行く約束をしていたはずだよ」

「……聞いておりません」

サーッ、と血の気が引いていく。レイチェルとしてはそんな話を聞いた覚えはないのだが、予定が重複してしまったのだ。

どれだけ記憶を辿っても、アルヴィンとの約束を思い出せないし、この状況を切り抜ける妙案が浮かぶ気配はなかった。

「だったらなぜ、そんなドレスを着ているんだろうか？」

「こ、……今夜はラムゼイ侯爵家のディアドリー様から晩餐を共にと誘われておりまして

「……えっと……」

「めずらしい色のドレスだ。君の趣味とは思えないけれど……？　本当に晩餐？」

紫を帯びた瞳がスーッと細められた。ほかの者と約束をしていたというだけでもかなり問題なのに、行き先まで疑われている。

「わ、私も少し大人っぽい印象の女性になりたくて。そうしたら、ディアドリー様がこのドレスをくださったのです。それに、私がなにを着ようが私の勝手ではありませんか！」

ツン、と機嫌を損ねたふりをしてレイチェルはこれ以上の追及をかわそうと試みる。ドレスの件をごまかせたとしても、重複した誘いへの対応策は浮かばないままだ。

「……今夜の予定、マーカスにきちんと伝えるように命じたはずだが……？　困ったな」

（まさか、兄様が伝え忘れたの？　……まずいわ。兄様の職務怠慢と思われかねない。でも、今まで私に対するお誘いは必ず直接予定を確認してくださっていたのに……）

仕えている主人がエントランスホールにいるというのに、マーカスが姿を見せる様子はない。レイチェルは兄から事情を聞くために呼びに行こうとする。けれどアルヴィンは細い腰に手をまわして、彼女の行動を阻んだ。

「どうしたんだ、レイチェル……？」

レイチェルは必死に思考を巡らす。兄の伝達ミスと自分の勘違い。伯爵家の中で誰の過ちにすれば被害を最小限にとどめられるか。アルヴィンに嫌われる予定のレイチェルが最もその役にふさわしいという結論に至るまでさほどの時間はかからない。

「そ、そう……私が忘れていただけかもしれません。きっとそうです。……申し訳ありません、アルヴィン様」

よく考えたら、これもアルヴィンに嫌われるチャンスである。

兄がレイチェルへの伝言を忘れたのなら、それは兄――伯爵家の責任問題だ。けれど、聞いていたのにレイチェルがなぜか忘れたのなら、それはレイチェル個人の責任だ。

視察の一件に続いて、故意に約束を違えて、したいことだけをしている悪女という印象を与えてしまうだろうが、それしか道がなかった。

今夜はディアドリーとの予定を優先させてほしいと申し出るつもりで口を開きかけたのだが……。

「忘れていたのなら仕方がない。私から使いを出してラムゼイ侯爵と令嬢に謝罪しよう」

アルヴィンはさわやかな笑みを浮かべながら当然のように自分との予定を優先させようとする。

レイチェルは大きくかぶりを振って彼の申し出を拒絶した。

「待ってください！　友人と過ごす時間は決して遊びではなく、私なりに人脈を築こうという意図がございます。ですから――」

「こちらも同じだ。今夜の歌劇鑑賞ははずしてもらっては困る。視察の一件と同じような噂が立ちかねない状況を私が許すとでも思っているのか?」

「でも……、友人が……」

そんなに重要な予定だったら、いつものアルヴィンなら何度も事前に確認するはずだ。

五日前の宮廷舞踏会のときに歌劇鑑賞の話題にならなかったのは不自然だ。

そう感じつつも、王族である彼の落ち度など指摘できない。

「第一王子で正式な婚約者である私との約束と、侯爵令嬢との個人的な約束。……どちらを優先するかなんて悩む必要はないはずだ。大丈夫、急な予定変更でどうしても君が必要になったと伝えるから。それから……」

レイチェルの肩にふわりとしたなにかがかけられる。それは毛皮のケープでアルヴィンがここに来たときからずっと持っていたものだった。

「これは?」

「夜は冷えるだろうから、私から君へ……。よかった、今日のドレスにぴったりで」

ふんわりとしたケープをまとうことで、ドレスの印象が柔らかいものに変わる。それにたった一枚まとっただけで驚くほど温かかった。

「……あ、あの。……ありが……ござい、……す」

彼の気遣いが嬉しいのに、嫌われたいレイチェルは今日も素直なお礼を言えなかった。

その後、アルヴィンは遅れてやってきたマーカスと一言、二言、言葉を交わした。

「申し訳ございません、殿下。そんな大事な約束を忘れるなんて本当に仕方のない妹だ」

マーカスはあきれているが、レイチェルとしては到底納得できない。

(犯人は絶対に兄様なのに！)

つい先ほど、マーカスは「侯爵令嬢に招かれているんだったよな?」と言っていた。

今夜アルヴィンとの約束があると知っていたら、まず予定の重複を指摘するはず。つまり、伝達役だったはずのマーカスが伝え忘れたどころか、内容をすっかり忘れてしまったから今の事態になっているとしか考えられない。

「さあ、レイチェル。時間だ」

今夜のアルヴィンは強引だった。

「じゃあ俺が迎えの者に欠席を伝えて謝罪をしておくから」

マーカスは呑気に手を振って二人を送り出す。

行き違いになってしまう可能性が高いため、ディアドリーへの欠席の連絡は、侯爵家からやってくるはずの迎えの者に依頼するしかなかった。

(もう迎えの方から〝仮面舞踏会〟という単語が出てこないことを祈るしかないわ！)

侯爵家側からその言葉が発せられたらレイチェルは大目玉を食らう。

納得したわけではないレイチェルだが、彼女に選ぶ権利は与えられていなかった。

そのまま馬車に揺られ、歌劇場にたどり着く。

「さぁ、レイチェル。お手をどうぞ」

「はい」

馬車から降り、歌劇場の中に入るとまず目に飛び込んでくるのは広い階段だ。優美な曲線を描きながら女性のドレスのように二階から一階へと広がる形状になっている。レイチェルはアルヴィンに導かれゆっくりと階段を上っていく。

（そういえば、今日のアルヴィン様の正装は黒なのね……）

アルヴィンは明るい色をまとうことが多いのだが、漆黒の正装姿の彼からはしっとりと落ち着いた色気のようなものが感じられた。

レイチェルのドレスも黒で、まるで事前に打ち合わせでもしたかのようだった。

自然と皆の注目が集まる。

階段を上りきった場所には開演までの時間、おしゃべりを楽しむ紳士淑女の姿があった。顔見知りの何人かと言葉を交わしながら、二人は客席へと続く大きな扉の近くまでやってきた。そばで紳士同士の会話を楽しんでいた人物がアルヴィンの存在に気づき、向き直った。

その人物は白髪まじりの老紳士で立派な口ひげをはやしていた。お腹周りはふくよかで、衣装や宝飾品から、羽振りのよさがうかがえる。

「……やあ、ウォルターズ公爵。いい夜だね？」

「これは、第一王子殿下にお目にかかれるとは光栄でございます」

ウォルターズ公爵は、アルヴィンにとっての政敵と言える人物だ。第二王子キースの後ろ盾であり、アルヴィンの推し進めたい政策の邪魔をしている。

（もしかして、彼に会うために……？）

「めずらしいですな。殿下が鑑賞にいらっしゃるとは」

レイチェルはそんな予想で二人のやり取りを見守った。

「そうだったかな？　……今夜の演目、『踊り子の恋』はヘイウッド伯爵令嬢が好きそうな題材だからどうしても一緒に観たかったんだ。……ね？　レイチェル」

アルヴィンはさりげなくレイチェルを引き寄せて、耳に近い場所でささやいた。息がかかった瞬間にレイチェルの体温は急上昇し、なにも言えなくなってしまう。

「伯爵令嬢は随分と初々しいお嬢さんのようだ。噂などあてにならないものですな」

噂とは、レイチェルはわがままで、王子の婚約者としてふさわしくない行動を繰り返しているとか、すでに二人の仲は冷め切っているとか、そういうものだろう。

社交界でそのような噂が流れているのはレイチェルも知っていたし、視察の一件は新聞にも書かれてしまった。

「……悪意によって流された噂では、真実は変わらないというのに」

アルヴィンは婚約者が愛おしくて仕方がないという態度だ。ここ最近の冷たいまなざしのほうが嘘のようだった。

「……そうそう。三日後の会議の場ではお手柔らかに頼むよ、ウォルターズ公爵」

「ハハハッ、こちらこそ。あまりこの老人をいじめないでいただきたい。今宵はお互い、ただ芸術を楽しみましょうぞ」

冗談を交えながら、相手を牽制する。アルヴィンはついこのあいだまで、臣を上手く説得することができずに思い悩んでいた様子だった。少なくとも、こんなふうに笑顔で武装して腹の探り合いをする性格ではなかった。

（アルヴィン様……強くなった？）

宮廷舞踏会の日から、急に変わってしまった気がするのはレイチェルの勘違いではないのかもしれない。

まもなく歌劇の上演がはじまる時間だ。二人はウォルターズ公爵と別れ、扉の先にあるホールへと進んだ。

一階は一般席、二階と三階は舞台の真横からずらりとボックス席が並ぶ。王族専用のボックス席は二階にある。舞台を正面で楽しめる特別席だった。

レイチェルはアルヴィンに促されて用意された革張りの椅子に腰を下ろす。ボックスの内部には十分なスペースがあるのに、アルヴィンとの距離は近い。

「どうしたんだ？」

「ええ、と。……雑談だけでよろしかったのでしょうか?」

レイチェルはウォルターズ公爵とのやり取りについて疑問に感じたことをアルヴィンにたずねた。

「……そうだね。雑談ができる関係にあるというのが、まずは重要だと考えているんだ。それに今夜の主目的は公爵に会うことではないよ」

「ならば、なにが目的なのでしょうか?」

真面目なアルヴィンは、歌劇を鑑賞したいからという純粋な娯楽目的では歌劇場に足を運ばない。外国からの賓客をもてなすためだったり、国内の有力者と非公式な場で語らう目的だったりする。

ウォルターズ公爵に会うのが主目的ではないとしたら、いったい――。

「……君と私が仲睦まじく一緒に過ごしているという事実を広めるためだ。歌劇でなくともいいんだけれど、君はこういうのが好きだろう?」

肘掛けの上に置かれていたレイチェルの手の上に、彼の手が重ねられる。グローブ越しでも少しだけ熱が伝わった。

「意味がわかりませんわ、私は……もう……」

どんどん望まない状況に追い込まれているのをレイチェルは感じていた。もともとアルヴィンとレイチェルは仲がよかった。誠実に想い合うだけでは幸せになれないと気づいたからこそ、レイチェルはアルヴィンとの別れを望んでいる。

その望みがまもなく叶うところまでたどり着けていたのに、明らかに後退している。

「明日になればわかる」

「アルヴィ……」

なにがわかるのかを問い質そうとしたとき、場内が暗くなった。係の者が客席の明かりを消したのだ。音取《ねとり》が終わり、ホールの中に束の間の静寂が訪れる。

指揮者の挨拶後に、前奏曲がはじまった。

レイチェルは黙ったまま、アルヴィンの隙を突いて手をしまおうとした。

「だめだよ、舞台に集中して……」

小さな声で注意され、今度はがっしり指が絡められた。集中できないのは、アルヴィンがおかしなことばかりするせいである。

(『踊り子の恋』……観たかったのよね……)

初演から日が浅いため、劇場に出資しているか歌手を支援している者でなければチケットを手に入れるのが難しい。

ハノルィン王国では昨今悲劇の物語ばかりが人気なのだが、前評判によればこの話は幸せな結末を迎えるはずだ。

踊り子が貴族の青年と恋に落ちて、周囲に反対されつつも愛の力で乗り越えて、最後は皆に祝福される。

（このお話……わざとなの⁉）

身分違いの恋、周囲の反対、困難――、レイチェルは貴族で、二人の婚約も正式なものだ。けれど物語のヒロインである踊り子の気持ちが痛いほどわかる。

別の日ならば、違う演目が上演されているというのに、わざわざこんな物語を選ぶアルヴィンの意図はなんなのか。

レイチェルは踊り子と自分自身の境遇を重ね合わせ、どうしても感情移入してしまう。

物語のようにアルヴィンと幸せになれれば、どれほどいいかと本気で思った。

じわりと涙がにじんだが、アルヴィンに悟られたくなくて必死に隠した。

◇◇◇

幕が下りたあと、二人は観客が少なくなるまで余韻に浸ってから、馬車に乗り歌劇場をあとにした。都で一番栄えている場所にある歌劇場から離れると、建物と建物の隙間から夜の宮廷を望める。

アルヴィンはこんなとき、自分だけ先に帰るようなことはしない。中心部から離れたヘイウッド伯爵邸までわざわざ同行してくれる。

「楽しかったかい？」

「はい。……とても」

つまらないふりをするつもりだったのに、レイチェルは歌劇を楽しんだ。今更否定しても説得力がなさすぎる。だからレイチェルは素直に認めるしかなかった。

「それはよかった」

「ですが私がいなければならない理由がわかりませんでした。……今夜の予定は私的なものですよね？」

上演前にウォルターズ公爵を含む何人かの貴族と会話をしただけだから、アルヴィンが政治的な目的を持って歌劇の鑑賞をしていたとは思えなかったのだ。

「……君は今夜、私を裏切って危険な場所に行こうとしていただろう？　……どこに行こうとしていたか、当ててあげる」

「ラムゼイ侯爵邸です！　ディアドリー様とのお約束があったのは嘘ではありません」

急に大きな手が伸びてきて、それが頬にあてられた。目を逸らすな――そう命じているのだ。負けず嫌いなレイチェルはアルヴィンをにらみつけた。

「だが、個人的な晩餐に招かれたのではなく、行き先は仮面舞踏会のはずだ。……そうだろう？」

いきなり核心を突かれた。最初は後ろめたさから動揺したが、やがてレイチェルの中に沸々と怒りが込み上げてきた。歌劇鑑賞の予定は、レイチェルの邪魔をするために彼がついた嘘だと確信したからだ。

この先の未来を見てきたかのような彼の発言は、単なるレイチェルの言動に対する注意喚起ではなかったのだ。おそらく周囲を探って、得た事実を根拠にして行動しているのだろう。

仮面舞踏会の件は、兄にもナタリアにも話していない。すると考えられるのは、アルヴィンがレイチェルの周囲に秘密の監視役を置いている可能性だった。

「また、このままだと破滅する……とでもおっしゃるのですか？　……私の周囲を探られたのですか？　今夜の約束も嘘だったのですか⁉」

「危険な場所に君を行かせたくないのは当たり前だ」

「だからって、私を監視するなんて……」

彼が婚約者を信用できなくなるのは当然だ。そうなるようにレイチェルが仕向けているのだから。けれど無性に腹が立った。

信用できないなら、早く破談にすればいいだけのことだから。

「私は君を誰かに見張らせてなどいないよ。……言っただろう？　君は一年後に破滅すると」

「信じられません、そんなの！」

「だろうね。……ねぇ、もしあやしげな仮面舞踏会に行っていたら、私以外の男性に唇を奪われていたかもしれない。こんなふうに……」

狭い車内では逃げ場がなかった。レイチェルは端まで追い込まれて、アルヴィンに捕らえられた。暗がりは瞳の中に映るわずかな光を強調する。それに魅入られているうちに唇が重なった。

アルヴィンの唇はひんやりとしていた。それは最初だけで、互いの体温によってすぐに熱を持ちはじめる。

レイチェルは必死に抗い、彼の胸を強く叩いた。距離を縮められたら、どれだけ腕に力を込めようとも大した威力にはならなかった。

馬車の振動のせいでわずかに唇が離れた隙に、レイチェルは顔を背け、俯いて彼を拒絶した。

「いやぁ……嫌いっ、だめ……！　大嫌い……」

嫌いという言葉が咄嗟に飛び出した。相手を傷つけるはずの言葉が、レイチェルの胸に突き刺さる。大切にしたいと思ってきた人を傷つけるのは、自分が傷つくよりもずっと痛い。

「それも嘘」

アルヴィンは笑っていた。レイチェルの言葉は彼にまったく響いていなかった。

「嘘じゃありません！　無理矢理キスをするなんて、最低です……。そんなことをする方ではなかったはずなのに、どうしてしまったんですか⁉」

「大切にするだけでは、ほしいものが手に入らなかったんだから仕方がないだろう？……君は昔からすぐに強がって嘘をつく。……いい加減ツンデレはやめなさい」

「その、ツンデレ……ってなんですか？」

宮廷舞踏会の日も、彼はそう言っていた。なんとなくレイチェルの意固地な性格を指す言葉だと予想できるが聞いたことがない。

「本当は大好きなのに、なかなか素直になれず感情と真逆の言葉を口にする君みたいな人を指す言葉だ。市井で流行っているみたいだよ」

「知らない……」

知らない言葉を使い、知らない表情を浮かべるアルヴィンをレイチェルは恐れた。

「ねぇ、レイチェル。もしもの話だけど、この先愛する人の破滅する未来が見えるとしたら、君ならどうする？」

「そんなおとぎ話みたいなことを言われても困ります」

「そうだね。だけど、私の祖先もおとぎ話の住人だからな……」

ハノルィンの国宝に〝先見の剣《つるぎ》〟と呼ばれるものがある。持ち主を正しい未来へと導いたという逸話があり、何人かの国王がこの剣に導かれ国難を切り抜けたとされているのだ。

もちろんただの伝説だ。ある学者は強者の象徴だったという説を唱え、別の学者は占いに使用した可能性を指摘している。

いずれにしても、現代の王族が不可思議な力を使ったなどという事実はない。

「もう一度聞くが、未来が見えるとしたら、……君はどうする？」

強く抱きしめられたままだから、レイチェルは身動きが取れない。しばらく黙り込んでいると、アルヴィンがレイチェルの唇を指先で辿った。

なにも答えない不要な口なら、塞いでしまおうと言われているみたいだ。

「……わかっているのなら、止める方法なんていくらでも思いつくのでは？　私なら、その人を守るためになんでもします」

アルヴィンを守るためならば、レイチェルはなんだってできる。彼に嫌われるとわかっている言動も、彼と離ればなれになる未来も、ためらわずに選べる。

本当に愛しているのなら当然の答えだ。

「ありがとう、嬉しいよ」

「な……！　なにをおっしゃっているのですか？　アルヴィン様のためになんでもするなんて言っていません」

レイチェルは慌てて否定した。どれだけ心の中で思っていても、彼の言葉を認めてはいけない。

「でも、だめだ。……私は〝なんでも〟はしないつもりだ。もし、愛する人が私のために犠牲になったら、私はきっと自分自身が許せなくなる。だから自分を犠牲にはしない」

「それは……」

「君がしようとしていることだよね？　レイチェル」

レイチェルは目を見開く。核心を突かれた気がした。

「全然違います！　だって私……アルヴィン様がいなくても幸せになる、つもりで……」

アルヴィンから離れることができれば、レイチェルは自由になれるはずだった。

身の丈に合った幸せを考えるつもりだった。身分の釣り合う男性を好きになって、その人もレイチェルを好きになってくれれば、穏やかな生活が送れる。

アルヴィン以外の男性にドキドキした経験のないレイチェルだが、きっとそれは彼女がまだ初恋に囚われているからであり、時間が解決してくれるはずだった。

「なれないよ。……君は幸せになれない。私がいない場所では絶対に……！」

抱き寄せる力が強まる。

「勝手に決めないで！」

これから先、レイチェルは新しい人生を歩む気でいるのだ。そんなふうに決めつけて不安を煽るのは卑怯だった。

「じゃあ、君のことは置いておくが、君と離れたら私は確実に不幸になる。十八年間で募った想いの行き場がなくなってしまう。君はそれで満足なのか?」

油断すると、彼はレイチェルが〝アルヴィンのために〟身を退こうとしているという前提で話を進めようとする。

「アルヴィン様の幸せなんて、私には関係ありません。何度も説明しているでしょう? 親の決めた相手ではなく、愛する方を自分で選びたいんです」

キッ、と彼をにらみつけながらレイチェルは断言した。

「そんなに泣きそうな顔で言われても困る。さっきもキスをしたら気持ちよさそうだったし、はじめてのときなんて気絶してしまうし……君は自分の言葉のどこに説得力があると感じているんだろう?」

「嘘なんかじゃ……」

つい先日まで響いていたはずの言葉が、突然彼に届かなくなる。レイチェルはどうすれば彼にわかってもらえるのかを必死に考えたが妙案は浮かばない。

「もう一度キスをしてみようか? キスでは感じない、私を嫌っていると証明して」

「お断りします!」

レイチェルは大きく首を横に振った。キスが心臓に悪い行為だともう知っているのだから。

「耐えられたら、できるだけ君の希望に添うと言っても？　私のほうからの婚約破棄が君の望みだよね？」

「でも……」

「あぁ、すまない。レイチェルは恥ずかしがって思ってもいない強がりを言ってしまうけれど、本当は私が大好きなんだから……。意地の悪い提案だったね？」

レイチェルは意地っ張りで短気だった。なぜだか逃げたらすべてを認めたことになる気がして追い詰められていった。

「……そ、それなら受けて立ちます。私、負けませんから。私が勝ったら、私の希望を叶えてください。絶対ですよ！」

咄嗟にそう口にしていた。

「ああ、約束する。その代わり、君が負けたら私を信じて……」

これは、レイチェルの望みを叶えるまたとない機会でもある。これまでの人生で、短慮のせいで何度か後悔した経験をすっかり忘れ、レイチェルは勝つことだけしか考えられなくなっていた。

（顔や態度に出さなければいいだけなら……きっとできるはず……）

唇になにかものがあたるだけだと考えれば、耐えられないはずはないのだ。

しかも先ほどキスをしたせいで、耐性がついている。キスで心地よさそうにしているかどうかなど、客観的な判断ができない。レイチェルが「全然よくない」と言えば、それがレイチェルの真実だ。彼女の中で勝利への算段がついた。

「わかりました……。どうぞお好きになさってください」

レイチェルは覚悟を決めて瞳を閉じた。そうすればじんわりと目の奥が熱くなってもごまかせる。アルヴィンの整った容姿や神秘的な紫の瞳を見ずに済むのもありがたかった。

最初に唇が落とされたのは、目尻だった。次に頬や額……無心でいようと思えば、余裕だった。ただ子猫か子犬に舐められているのを想像すれば、この程度はなんともない。けれど彼の唇がレイチェルの首筋にうずめられると早くも耐えがたくなってくる。痛みを感じるほど強く吸われるとじっとしていられなかった。そして——。

「ひゃっ！」

耳たぶにキスを落とされ、少し遅れて彼の吐息を感じた瞬間、レイチェルは思わず声をもらしてしまった。ゾクリとしたなにかが身体の中を駆け巡った。

「……もう降参？　唇にすら触れていないのに……」

アルヴィンが耳元でささやくとレイチェルの身体がビクリと跳ねた。彼がクスクスと笑い、また吐息がかかるともうどうにもならない。

「くすぐったいだけです！」

「そう？　では続けようか」

今度は唇の近くに彼を感じた。すぐに短くついばむようなキスがはじまる。ただ唇を押されているだけだと頭の中で繰り返し唱えれば、冷静でいられた。

「……っ！」

やがてぬるりとした感触の舌が口内に差し込まれた。頬の内側を探られて、歯列をなぞられると、レイチェルの心臓がトクン、と音を立てた気がした。

（我慢できるはず……たぶん、……我慢……）

湿った音を立ててアルヴィンの舌が歯の隙間をこじ開け、レイチェルの舌と絡みつく。

呼吸は荒くならないようにできても、心臓はどうにもならない。次第に早鐘を打ちはじめる。すると身体が熱くなり、走ったときと同じように大きく息を吸い込まないと耐えがたくなってくる。

「……はっ、……ふっ、……ん、んんっ！」

彼が唇の角度を変える瞬間を狙い、大きく息を吸い込んだ。それだけでは足りず、呼吸困難に陥りそうだった。

必死にアルヴィンを意識しないようにしても、上手くできない。繋がっている場所は唇だけだというのに、感じているのは胸の奥――そしてお腹の中だった。

（……どうして？　なにか、変……）

それははじめての感覚だった。へその下のあたりがせつなくなり、どうしたらいいのかわからない。なぜキスでこんなふうになるのかレイチェルには知識がなかった。

とにかく荒くなった呼吸をごまかすことだけに集中していると、段々と意識が朦朧としてくる。

思考が鈍くなるとアルヴィンの存在だけが鮮明になる。ねっとりとした舌が口内をまさぐるたびに身体がふわふわと浮いた。下腹部がどうしようもなくせつなくて、不安だった。

呼吸困難に陥る寸前、アルヴィンはようやくレイチェルを解放してくれた。

「……や、やっぱり……全然なにも感じませんでした！　……ほら、私の勝ち……」

レイチェルは間髪入れずに一方的な勝利宣言をした。認めなければ彼女の勝ちだった。

実際にキスだけで気持ちよくなったなどとレイチェルは思わない。彼女の知らない未知の感覚に支配される戸惑いが大半を占めていた。

「……鏡があったら絶対にそんな嘘は言えないだろうに。見せてあげたいよ、そのすっかりとろけきった顔」

アルヴィンが余裕の表情を浮かべているのは、負けを認めていないからだろうか。

「……とっ、とにかく私の、勝ちです……。私が気持ちよくなかったと言っているのですから、間違いありません」

レイチェルは強く主張して、どうにか彼から逃れようと胸を力一杯押した。アルヴィンは大きくため息を吐いてからレイチェルを強引に引き寄せる。ひょいと横抱きで膝の上に乗せた。

「残念だけど、君がキスで感じていたかどうか確認する方法があるんだ」

「嘘です！　は、離して……。私の心なんてアルヴィン様にはわからない」

長身の彼の膝の上にいると、顔の位置がほぼ一緒になる。再び唇を奪われてもおかしくない距離に耐えきれず、レイチェルは俯いた。

「だったら勝負が成立しないじゃないか。……レイチェルは愛し合う者同士がどこで繋がるかは知っているよね？」

「それくらい知っております。家庭教師から教わりましたもの」

レイチェルの家庭教師は亡き王妃が手配してくれた。マナー、ダンス、語学、歴史学など専門の教師が五人もいて、社交界にデビューする前は毎日なにかしらのレッスンを受けていた。ものすごく優秀というわけではないが、それぞれ及第点には達している。

閨事に関しては、夫となる者に任せるというのが前提で積極的には習わないのがこの国の常識だ。

ただし、貞操を守るために必要な知識は与えられている。男性の性器を女性の秘めたる場所に押し込んで子種をもらうというのは知っていた。とにかく、アルヴィン以外の男性にスカートの中を暴かれてはいけないと習ってきたのだ。

医学的な知識はあるが、キス以上の男女の秘め事についてては想像力を働かせてもよくわからないといったところだ。

「女性は感じるとそこが濡れるんだ……。耳まで真っ赤になって、目が潤んでとろんとしている。鼓動も息づかいも、全部私が好きでたまらないと語っているのに……認めないなら確かめるだけだ」

「……え？」

ドレスの裾を軽くめくり、アルヴィンがレイチェルの脚に触れた。大きな手が柔い肌を直接撫でて、上のほうへ移動してくる。

「や……やだ……っ！　そこは触れてはいけない場所です！」

アルヴィン以外の男性は——レイチェルはそう習ってきた。けれど、レイチェルの素肌を暴こうとしているのは、一人だけ許されるとされていたアルヴィンだ。

彼女が混乱しているあいだに彼がドロワーズの隙間を探り出した。

レイチェルは必死に脚を閉じて、それ以上の侵入を拒む。

「アルヴィン様！」

「シッ！　静かにしていないと御者に気づかれてしまうよ……。他人に見せたいのなら、私はそれでもかまわないが」

レイチェルはハッとなり、思わず口元を押さえた。油断している隙にドロワーズがずらされてしまう。太もものあたりに布地がまとわりつくと、抵抗もままならない。

「だめ……絶対に、だめ……」

不安定な姿勢のせいで、どうしてもアルヴィンにすがりつくしかなかった。必死に声を抑え、小声で拒絶の意思を示す。それでもアルヴィンは止まってくれない。

内股を這う指先が、脚の付け根のあたりにたどり着く。そっとその場所に触れられただけで、未知の感覚が全身を支配していく。キスをしたときに感じていたのと似ているが、何十倍も強かった。

「……んっ！」

レイチェルはアルヴィンの肩に唇を押しつけて声を押し殺す。彼の上着を握る手が自然と震えた。

「あぁ……レイチェル、わかる？　ここ、濡れている……」

クチュ、クチュ、という水音が響く。レイチェル自身も生温かくぬるりとした感触のなにかがそのあたりから溢れてくるのを感じていた。

「ひっ！　やめて……身体が変になって……どうして……？」

「私がほしくてこうなるんだ。……なにも恥ずかしがることはないよ。私を愛している証拠なんだから」

感情が昂るのと一緒に身体の奥からなにかが込み上げてくる。そのあたりを自分で清めるときにはなにも感じないのに、なぜアルヴィンにされるだけで、雷に打たれたような衝撃があるのだろうか。

これが愛している証拠だというのなら、レイチェルはどうにかこの現象を止めなければならないというのに。身体は言うことを聞かない。

「あっ、あぁ……ん！　んんっ！」

アルヴィンが花園のある一点に触れただけで、レイチェルは後ろに倒れそうになるほど身体を仰け反らせ、強く反応してしまう。

「あぁ……ここがレイチェルの善いところなんだ？」

レイチェルは、はじめてはっきりとこれが快楽であると認識した。今までのふわふわしたような違和感は、すべてこの感覚を得るための準備だったのかもしれない。

「だ……だめぇっ、そこはもうやだ……アルヴィン様、お願い……もうやめて……おかしくなってしまいます……怖いの……！」

アルヴィンはやめてくれない。それどころか、レイチェルが強く反応した場所ばかりを徹底的にいじめた。彼が執拗に触れている場所が充血し、硬くしこっている気がした。そうすると余計に快感を拾い、レイチェルは四肢をこわばらせ耐えることしかできなくなる。

「……なら認める？　本当は私と一緒にいたいと認めればいい」

「み、認めない！　こんなことをするアルヴィン様なんて……きら、い……あ、あぁっ！」

かろうじて残る理性で抵抗を試みる。するとアルヴィンの指が強くレイチェルの秘部を擦りだして、言葉が封じられた。

「んっ、ん……あ！　あぁぁっ」

気持ちがいいのに恐ろしくて、終わりが見えない。これからレイチェルは、彼の手によって壊されるのだ。意識がドロドロに溶けはじめ、もうすべてがどうでもよくなる。

アルヴィンが身体と心の両方を支配していく。

「うぅっ、……ん、ん——っ！」

「……キスをしたら声を出さずに済むはずだ。レイチェル……キスをして」

もうアルヴィンの言うことがすべて正しくて、嘘ばかりのレイチェルが間違っていると認めてしまいたかった。

レイチェルはふらふらになりながら、顔を少しだけ上げて、彼の唇を塞いだ。

「……ふっ、……ぁっ」

アルヴィンの舌が絡みつく。すると下腹部で得ている快感が増幅され、もう止まらなくなっていった。

唇を重ねているのがつらくなるほど息が上がり、苦しい。それなのにキスが心地よくてレイチェルも積極的に彼の舌に自分のそれを絡めた。

秘部をまさぐる指の動きが徐々に速くなっていく。馬車が進む振動の軋みと車輪の音が段々聞こえなくなって——気がついたら、レイチェルの中でなにかが弾けた。

「あ、あ……あああぁぁっ！」

はしたなく身を反らし、そのせいで唇が離れる。自分の身体になにが起こっているのかレイチェルにもわからなかった。

身体と意識がどこかに飛んでいってしまいそうになり、襲いかかる奔流に流されないように耐えた。アルヴィンの背中に手をまわして摑んでいないと不安で仕方がない。

「……アルヴィンさ、ま……あぁっ、たすけ……て。怖い……」

気がつけばレイチェルの瞳から大粒の涙がこぼれていた。自分の身体になにが起きているのかわからないのも恐ろしかったし、優しい婚約者がこんなふうにレイチェルの身体を壊そうとするのも、彼女には信じられなかった。

「大丈夫だ。達してしまっただけだから……悪いことではない……」

アルヴィンが涙に唇を寄せて吸い取ってくれた。それから髪と背中を撫でてくれる。

レイチェルはしばらく彼の胸に顔をうずめて嗚咽をもらしていた。今離れないと、彼の言葉どおり、レイチェルが今でも彼を想っていることの証明をしてしまうと理解しているのに、身体が動かない。

「レイチェル……」

なにがきっかけでアルヴィンが変わってしまったのかレイチェルは知らない。けれど名前を呼ぶ声はいつもの彼だった。それに安心したレイチェルの瞼は段々と重くなっていく。

アルヴィンが与えてくれるぬくもりと髪を撫でる手の優しい動きが心地よい。もう眠気に抗えず、レイチェルはそのまま瞳を閉じた。

◇　◇　◇

それは既視感のある目覚めだった。レイチェルにはベッドにもぐりこんだ記憶がまったくないのに、いつの間にか朝を迎えている。

喉が痛く、瞼が腫れぼったい。ぼんやりとした頭でも、またアルヴィンのせいでこうなったのだと察せられた。

「私、これからもアルヴィン様と会うたびに気を失うの？」

宮廷舞踏会の日は気絶、昨晩は疲れて眠ってしまった。なにをされて意識を失ったのかを思い出すと平静ではいられなくなる。

レイチェルは昨晩の記憶を頭から追い払い、ひとまず朝の身支度をはじめた。

顔を洗い、着替えを済ます。伯爵家ではレイチェル専属のメイドはいない。

社交の場に出るための正装以外は、できるだけ一人で着られるドレスを選んで身の回りのことは自分でしていた。

「あれ……どうしたのかしら？　虫刺され？　かき壊し……？」

首のあたりにいくつか赤い斑点がある。そっと触れても痒くもなければ痛くもない。覚えのない肌荒れは気になるが、とくに薬をつける必要性を感じず、レイチェルはそのまま支度を終えた。

「昨晩の件だが……」

家族全員が集まる朝食の席。紅茶を飲んでいたレイチェルは、兄の言葉に動揺してカップを落としそうになった。

「昨晩はなにもありませんでした！　本当になにもっ！」

歌劇の鑑賞のあと、レイチェルは馬車の中で眠ってしまいアルヴィンに抱きかかえられて帰宅することとなった。事情を知らないマーカスからしたら第一王子の手を煩わせるレイチェルの大失態に見えるだろう。

この件を兄から深く追及されては困るレイチェルは、つい大きな声を出してしまう。

「なに言ってるんだ……？　おまえがラムゼイ侯爵家に断りの連絡をしろと言ったんだろうが」

「そっちの話でしたか」

アルヴィンのことで頭がいっぱいになり、レイチェルは、ディアドリーとの約束を破ってしまった件をすっかり忘れていた。

「それで昨晩、おまえの友人が体調を崩してしまったそうで、先方から先に断りの連絡があった。だから、レイチェルは約束を破っていないことになっているから安心しろ」

「そうだったんですか？　よかった……！」

王族であるアルヴィンの行動は、観劇に行っても避暑地に行ってもどこかに視察に行っても毎回新聞で報じられる。きっと婚約者が同行した件も隠せない。

先に約束をしていたディアドリーからしたら、レイチェルに選択の余地がなかったとしてもそんな言い訳は通用しない。きっと友人に蔑ろにされたと感じるはずだ。

ディアドリーのほうから断りの連絡があったのなら、険悪になることはない。レイチェルは胸を撫で下ろす。

「何度も注意しているが、迂闊な行動を慎めよ。……仮面舞踏会など婚約者のいる者が行くべきじゃない」

「……はい」

アルヴィンが知っていたのだから、マーカスが仮面舞踏会の件を把握していてももう驚かなかった。もともと、二人は結託していたのだ。

「わかればいい」

もっと怒られると予想していたが、マーカスは意外にも一言注意しただけで終わりにしてくれた。

そのときレイチェルは、兄の口から頬にかけて紫色の痣があることに気がついた。

「兄様？　怪我なんてめずらしいですね」

「ああ……夜の任務で……」

「……夜勤？　でもいつもと時間が違いますけれど……」

夜勤の日は夕方に屋敷を出て、朝食の時間が過ぎてから帰宅するはず。レイチェルがアルヴィンに連れていかれたとき、兄が出勤の準備をしている様子はなかった。

「殿下からの依頼で、ちょっとな……」

マーカスは、痣のある頬に触れながら不自然に視線を動かす。レイチェルも釣られて兄が気にしている方向――レイチェルの横に座るナタリアを見た。

ナタリアは頬をふくらませながらパンを頬張っている。マーカスの視線に気がつくと、フンッ、と顔を背けた。

「兄様ったら、またナタリアになにかしてしまったんですか？」

マーカスはわかりやすくシュンとなる。図星ということなのだろう。

するとガタンと音がして急にナタリアが立ち上がる。

「されてません！　なんにもされてませんっ！　されてませんから――っ！」

ナタリアが真っ赤な顔でそう叫んで、ダイニングルームを飛び出していった。

「……兄様、いったいなにを……？」

どう考えてもなにかされた者の反応だった。

伯爵家の父と母の目が据わっていた。両親からしてみれば、ナタリアは親戚から預かっている大切な娘である。

マーカスはたじろぎ、しばらく口をパクパクとさせたあと、ハッとなった。

「レイチェルこそ、よくもそんなに大量のキスマークをつけたまま家族の前で平然としていられるな」

「……キスマーク……ってなんですか？」

「なんだ、鏡を見ていなかったのか？」

彼は自分の首のあたりにツンツンと触れながら、ニヤリと笑った。レイチェルの同じ場所にあるものがキスマークだと言っているのだ。

「このあたりのただれのことですか……？　キス……マーク……」

そこまでは予想がついたが、なぜ「キス」という名なのかがレイチェルにはわからなかった。昨晩の出来事と「キス」という言葉から連想して、もしかしたらアルヴィンが触れた場所がただれているのではないかという予測ができた。つまり、昨日アルヴィンになにをされたのか、家族はお見通しだったのだ。

「おまえ、世間知らずすぎないか？　さすがに心配になるぞ。説明してやろうか？」

見下したような言い方に、レイチェルはカチンときた。

（私にそういう知識がないのは、皆のせいなんですが！）

生まれたときから第一王子の婚約者だったせいで、とにかく王家に嫁ぐためにふさわしくあれと育てられてきた。恋愛をする必要がなく、むしろ興味を持つことはよくないと教わってきた。男女に関する様々な知識がごっそり抜け落ちているのはそのせいだ。

「……いいえ、わかりました。もう結構です」

なぜただれたのか、もうなんとなく想像はできている。家族の前での講義はレイチェルにとって苦痛でしかない。

「結構です、ではありませんよ！」

それまで黙って兄妹のやり取りを聞いていた母が口元だけ笑みを浮かべ、青筋を立てていた。

今度はレイチェルが窮地に立たされる番だった。マーカスは自分への追及をかわすため、妹を生贄にしたのだ。母は怒っているし、父は頬を赤らめて目を逸らしている。

「レイチェル……。あなた、着替えてから私の部屋にいらっしゃい」

「はい、母様……」

いつもなら穏やかな伯爵邸のダイニングルームに吹雪が吹き荒れた。

◇　◇　◇

首元が隠れるドレスに着替えたあと、レイチェルは母から小一時間ほど説教を受けた。

「ですから、アルヴィン様が無理矢理……」

「言い訳は聞きたくありません。男とはそういう生き物なのです！　次からは鉄の心で断りなさい。アルヴィン殿下は男性の中では……あくまで男性の中ではの話ですが、比較的誠実でお優しい方ですから、きっとわかってくださいます」

母は、男性は皆「そういう生き物」であると決めつけていた。そして今のレイチェルは、アルヴィンならばわかってくれるという部分については否定したい気分だった。

先日までは婚約者の手を握る程度の触れ合いしかしていなかったアルヴィンが、急に忍耐という言葉を忘れてしまったのだ。

けれど母に口答えをしても、説教の時間が長引くだけとわかっていたレイチェルは、素直に「はい」と答えるしかない。

長い説教がそろそろ終わりそうな雰囲気が醸し出された頃、今度は父に呼び出された。

急いで父の書斎に行くと、今朝届いた新聞を見せられた。

一社は父がいつも読んでいるもので〝第一王子殿下、婚約者と仲良く歌劇の鑑賞へ〟という内容だった。

けれどもう一社の一面記事には〝第一王子の婚約者、危険な一夜？〟という文字がでかでかと書かれている。

「なんでしょうか、これは？」

レイチェルは身に覚えのないほうの記事を手に取った。記事は第一王子の婚約者である伯爵令嬢が不健全な仮面舞踏会の会場にお忍びで姿を見せたというものだった。

「特徴的な赤い髪に黒のドレスが目立っていた？」

ご丁寧にドレスのデザインが絵付きで掲載されている。まさしくレイチェルが昨日着ていたものと同じだった。

「……バルコニーで大柄な男性と情熱的な……キ、キスを交わしていた？」

仮面舞踏会には行っていないのに、レイチェルは婚約者以外の男性とキスをする不誠実な悪女とされている。一夜の恋のお相手は、長身で肩幅が広く、相当身体を鍛えているのが明らかな軍人風の男性だという。相手の素性はわからないのに、なぜレイチェルだけ正体を見破られたことになっているのか謎である。

「なにこれ……どうして……？　どういうことですか？　兄様！」

信用の置けない新聞社に嘘や誇張された記事を書かれたことは今までに何度かある。

そのせいでレイチェルの評判はすこぶる悪いのだ。

けれど、今回まったくのでたらめを書いたのは、都の中でも比較的信頼性の高い記事を書く一流の新聞社だった。

「心配しなくても、昨晩レイチェルがアルヴィン殿下と一緒にいたのは多くの者の知るところだ。……大ごとにはならないだろう」

「でも、これって……誰かが意図的に……？」

意図的かどうかの答えは、マーカスの表情の陰りでわかった。きっと彼もレイチェルと同じように考えているのだ。

昨晩もしアルヴィンが強引に歌劇の鑑賞への同行を求めなければ、レイチェルはディアドリーの勧める仮面舞踏会へ行っていた。そうなっていたら、記事の内容は本物になってしまっただろう。

（アルヴィン様はこうなることがわかっていて、私を強引に連れていったの？）

レイチェルが昨晩黒のドレスを着て仮面舞踏会に参加するはずだったことを知っていた人物は限られる。これが罠だとしたら、誰の策略かすぐに察せられた。

ディアドリーが誰かに昨晩の予定を話していなければ、こんな記事が書かれるはずもないのだ。

「……友人だと思っていたんです」

友人だと思っていた相手が、レイチェルの評判を落とそうとするという経験は二度目だ。お見舞いに来てくれた令嬢たちに騙されても、友人のすべてがそうではないと簡単に考えていたレイチェルは愚か者だった。

新聞記事を握りしめ、レイチェルは俯いた。

「この件は、アルヴィン殿下の指示でマーカスが調査を進めるそうだ。……もしディアドリー嬢と話す機会があっても証拠もなく糾弾しないように。相手は宰相を務めるラムゼイ侯爵家なんだから」

父の言葉にレイチェルは頷いた。

「わかりました。ごめんなさい、迷惑ばかりで。……私、少し部屋で休みます」

そう言ってレイチェルはふらつきながら書斎をあとにした。なんだか疲れてしまい部屋に戻ると、そのままベッドに倒れ込んだ。

「明日になればわかるって……こういうことだったのね……」

アルヴィンはなんらかの方法でディアドリーのくわだてを知った。だからいずれ出るであろう記事が嘘だと証明できるように、レイチェルを外に連れ出したのだ。

「私はこのままでいいの……?」

いくつあるのかわからない悪意がレイチェルとアルヴィンを引き裂こうとしている。レイチェルはそれに抗っても幸せになれないと思い、婚約者との決別を望んでいる。けれどアルヴィンはその悪意と戦おうとしている。

第一王子としての役割をまっとうするために必死になっている姿も何度も見ている。彼が語るような、二人が一緒にいられて不幸にならない道はあるのだろうか。

(でも法案が通らないのも、伯爵家の財政が厳しいのも、結局はどうにもならない)

アルヴィンと離れ、彼が別の女性の手を取る想像をすると胸が張り裂けそうになる。

けれど、レイチェルは弱い人間だ。身の丈に合っていない位のせいで、どんなに努力しても悪意から逃れられないのなら、そこから逃げ出してしまいたかった。

昔の忠義のみで成立したこの婚約の継続は、誰の利益にもならないという自分が出した結論は、やはり覆りそうになかった。

幕間　愚かな第一王子だった頃

生まれたときからの婚約者は、赤い髪と意志の強そうな印象の青い瞳を持つ女の子だ。

アルヴィンが彼女を妹ではなく女性として意識しはじめたのは、王妃の葬儀が執り行われた頃だろうか。

雨に打たれて涙をごまかしていたアルヴィンに対し、彼女は王族らしくあれとも言わなかったし、泣いていいとも言わなかった。どうしたらアルヴィンのためになるのかを必死になって考えて、結果なにもできなかったという。

(わからなくて正解だ。……だってどちらの言葉も不正解だから)

王族として涙を見せてはならないと言われたら、弱い本来のアルヴィンはいない者のように扱われたと感じて傷つく。泣いてもいいと言われたら、次期国王となるべくして生まれた者のプライドが引き裂かれる。

いつもはきっぱり自分の意見を言う強い子のはずなのに、思いやりがあるからこそ不器用でもあった。そんな彼女に救われた気がした。

宮廷内でのアルヴィンの立場は微妙だった。弟のキースに有力な貴族の後ろ盾がついて、隙あらばアルヴィンを追い落とそうとしてくる。キースとの仲は良好だというのに、周囲が対立を煽るのだ。

アルヴィンに近い立場の臣は、対抗策としてレイチェルではなく、別の女性を婚約者に据えることを勧めてくる。

けれど、アルヴィンはレイチェルを望み続けた。

王妃の死後、一年の喪が明けたあたりから、急にレイチェルの悪評が目立つようになった。アルヴィンに国庫を圧迫するほどの宝石をねだったとか、第一王子の婚約者という立場を利用して、ほかの令嬢たちに横柄な態度を取っているというものだ。

嫉妬から来るただの噂だと信じていたアルヴィンは、当然そんな言葉には流されず、できるだけそれらの評判がレイチェルの耳に入らないようにしていた。

それでも色々な噂を聞くたび、アルヴィンの中でレイチェルに対する疑念はわずかに蓄積されていったのだろう。

あの王立病院への視察の日。

レイチェルが次期王妃としてふさわしい女性であることを周囲に見せる絶好の機会に、彼女は姿を現さなかった。

体調不良ならば仕方がない。そう思っていたのに、宮廷勤めの者から、その日レイチェルが同世代の令嬢たちを集めて茶会を開いたという話を聞いた。

同席したのは一人ではなく、複数の者が同じ証言をする。これでは疑いようがない。

政治的な面で問題を抱えていたアルヴィンは、冷静さを欠いていた。

それからアルヴィンは、徐々にレイチェルのことを信じられなくなっていった。

(そんなに私とは結婚したくないのか……。ならば、もういい……)

信じられなくなった最大の原因は、レイチェルが妃になりたくないとはっきり口にしていたから。

だから、疑惑を否定しない彼女の真意に気づいてやれなかった。

あれは、令嬢たちが父親からの命令でレイチェルの落ち度を探すため、もしくは作り出すための訪問だった。お見舞いと称して訪問し、仮病だという噂を流したのだ。

すべてが仕組まれたものだったと知ったのは、取り返しのつかないほど後になってからだった。

「君は随分変わってしまったね……」

レイチェルの真意を知らなかったアルヴィンは、愚かにもそんな言葉で彼女を傷つけてしまった。

けれど今のアルヴィンは、この先流され続けたらたどり着く悲劇的な未来を知っている。アルヴィンは、二十六歳までの記憶を持ったまま、二十二歳まで時間を逆行したのだ。少なくとも、本人の認識としてはそうだった。やり直しの人生となる日がはじまったのは、レイチェルに最低な一言を言い放った翌日だった。

最初は四年間の記憶だと思い込んでいるものが夢だったのではないかと疑った。けれど、偶然出会う者や世間話の内容まで同じなら自分の感覚を信じるしかなかった。

そして迎えた宮廷舞踏会の夜。

アルヴィンは薄暗い部屋で、気絶してしまったレイチェルをソファに寝かせ、膝枕をしながら髪を撫でていた。

「私はもう……、間違わない。君を誤解しない……レイチェル」

レイチェルが果実水を手にしたあと起こる出来事を、アルヴィンは知っていた。だから事件が発生する前にわざと彼女をつまずかせて、未来を変えた。

マコーレ侯爵令嬢ルシンダに会うまで、レイチェルに素っ気ない態度を取ったのはもちろん故意だ。アルヴィンが以前と異なる言動をすると、周囲の者がその影響を受けてしまうからだ。

（なぜ昔の私は、あんな単純な悪意すら見抜けなかったんだ……）

大人のキスをしたくらいで驚いて気絶してしまう彼女の純粋さが、とにかく愛おしかった。小賢しい悪意をはね除けたのだから、彼女に触れて、褒美をもらうくらい許されるだろう。

正面にはマーカスが困惑した表情を浮かべたまま立ち尽くしていた。レイチェルを伯爵邸に連れ帰ってもらうため、そして今後について話し合うために呼んだのだ。

長身で肩幅の広いマーカスは、動かずにいるとクマの剝製のようだった。

「アルヴィン殿下。いくら婚約者でも節度というものがあるはずです。……これ以上は兄として看過できません。いったいどうなされたのですか!?　殿下が、このような……」

さすがに幼馴染みで付き合いの長いマーカスは、アルヴィンの変化に気づいていた。

アルヴィンは今まで、婚約者であるレイチェルと手を繫ぐ程度の触れ合いしかしてこなかった。愛しているからこそ、結婚するまでは節度のある付き合いをすべきだなどと馬鹿なことを考えて。

「四年ぶりに会えたんだ……。今度は後悔したくない。キスしたくらいで気絶するレイチェルが愛おしくて離せそうもない……」

時間を逆行してから護衛のマーカスとは何度も顔を合わせたが、レイチェルとは約四年ぶりに会えたのだ。

彼女に触れて、ちゃんと鼓動が聞こえることや手が温かいのを確認したかった。

「殿下……っ！」

真面目な軍人は、妹をアルヴィンから奪い返そうとする勢いだ。

「わかった。……悪いけれどレイチェルを運んでくれる？　私は一旦会場に戻って適当に説明しておくから。彼女を伯爵邸に送り届けてから私室に来てくれ」

「御意」

マーカスは気を失ったままのレイチェルを抱き上げて、敬礼の代わりに軽くお辞儀をしてから退室した。

アルヴィンはあえて彼女とのキスで移った口紅をそのままにして会場へ戻る。レイチェルがどうしているかをわざわざたずねてくる野暮な者はいなかった。

（あのマコーレ侯爵令嬢は帰ったか……）

さすがにそこまでの図々しさはなかったのか、令嬢はすでに宮廷から去っていた。

アルヴィンにとってこの宮廷舞踏会は多くの支持者を得るための大切な機会だった。

誰と利害が一致するか。

誰が裏切るか。

逆行前に得た経験は万能ではないが、助けにはなってくれた。

ただし、令嬢を一人退けただけではなにも変わらない。第一王子とその婚約者の不仲説を信じ、娘を売り込もうとする貴族、そしてうっとりした表情でアルヴィンを見つめてくる令嬢……。

アルヴィンは笑顔で武装しながら、浅ましい者たちと会話をしなければならない状況に内心うんざりしていた。

(すまないレイチェル……。今はまだ、あの者たちを裁くことができないんだ)

第一王子に近い立場の者ほど、レイチェルを邪魔に感じて貶めようとしている。一度目の世界で、愚かなアルヴィンは、そんな簡単な構図すらわからずにいた。

今はまだ、彼らを裁けない。そして裁くために、これから先レイチェルが傷つく事態が起こるとわかっていて、あえて手を出さずにいる必要がある。

アルヴィンは親しげな顔をして近づいてくる者たちへの嫌悪を隠しながら、社交を続けた。

宮廷舞踏会は日付が変わる直前まで続いた。私室に戻ると、レイチェルを送り届けるという任務を終えたマーカスが待機していた。

今夜はもう、王子と近衛の関係は終わりにしてもいいだろう。アルヴィンが幼馴染みにソファへ座るように促すと、マーカスは素直に応じてくれた。

「聞いてくれ、マーカス。本当は今夜、レイチェルがどこぞの令嬢に果実水を渡そうとしたら、相手がわざと受け取り損ねて被害者を装うという事件が起きる予定だった」

その後、令嬢は「このドレス、お父様が苦労して手に入れてくださったのに……ぐすっ……」と泣きだすのだ。手元を見ていなかったアルヴィンは、レイチェルではなく、泣いていた令嬢の言葉を信じてしまった。婚約者の不始末に対する責任を取ろうと、レイチェルを舞踏室に一人残し、令嬢を別室へと連れていった。

レイチェルがか細い声で誤解であると言っていたのに、それを無視した。非難の視線が集まる会場に、一人で残された彼女はどれほど絶望したのだろうか。

「はっ？」

アルヴィンは口をポカンと開けたままのマーカスに、自分の身に起こった不思議な出来事を語った。

マーカスはとりあえず聞いてはいたが、間違いなく信じていないだろう。

「一度目の世界では、彼女はこのまま誤解され続け、二ヶ月経たずに婚約破棄……約一年後には静養中の別邸に強盗が押し入り、死亡してしまう」

「……お疲れですか？　殿下」

マーカスはテーブルに身を乗り出す体勢でアルヴィンの額に手をあてて、熱を確認しだした。外見は髪と目の色くらいしか似ているところのない兄妹だが、行動はよく似ている。

「信じられないのは当然だが、少なくとも私がこのままなにもせずに流されたらどうなるかを予測できるということだけは、理解してほしい。もちろん、証明はするつもりだから」

この宮廷舞踏会で彼女に降りかかる悪意は無事に取り払った。するとすでに、一度目の世界とは別の道を進んでいるはずだ。

それでも変わらないことはたくさんある。次にレイチェルが窮地に陥るのは五日後の予定だ。

その罠は、おそらくこの宮廷舞踏会の前から計画されているものだ。今日よりも前に動きだしていた陰謀ならば、一度目のときと同じになる可能性は非常に高かった。

「証明とはいったいどういうことでしょうか？」

アルヴィンは立ち上がり、窓際まで移動した。カーテンをそっとどけると星空が広がっている。

「そうだな……。五日後、夕暮れより少し前の時間に虹がかかる——それも二重の虹だ。天気予報は当てずっぽうでもできるが、虹までは無理だろう？」

アルヴィンが一度目と別の道を選んだ影響が、どの範囲に及ぶのかはわからないが、周囲の者の行動は前回とは変わって、どんどんと差が出てくるはずだった。変わってもらわないと困るのだ。

一方で、天候はどんなに望んでも人の力では変えられない。アルヴィンが未来を知っているという証明になるはずだった。

もちろんこの四年間の天気など、正確に覚えているはずもない。五日後の虹を覚えているのは、その日が二人にとって重要な日となるからだ。

(ねぇ、レイチェル？　……君の計画は、絶対に失敗するよ……だって今度は私が君を誤解することなどないのだから……)

彼女は眠ったままだろうか。

せめて夢の中だけでも彼女が素直であったなら――アルヴィンはそう願わずにはいられない。そして今度こそ、彼女が心を隠さずにいられる世界を自らの手で作り上げるつもりだった。

◇◇◇

仮面舞踏会に行くつもりだったレイチェルの行動を阻んだ翌日。アルヴィンは執務室で、一度目の世界でレイチェルが記した日記の内容を思い出していた。もちろん、現物はここにはない。真実を知ってから、自らの過ちと向き合うために繰り返し読んだため、内容を完璧に覚えていたのだ。

『十二月五日――通り雨のあと二重の虹が架かった。冬の虹というだけでめずらしいのに、二重だなんて。いいことが起こりそうな予感がしたのだけど、そうはならなかった……。

今夜は、人生ではじめての仮面舞踏会だった。ディアドリー様は貴族や商人の中でも特別な人々ばかりが集う場所で、私に足りない知識を得られるとおっしゃっていたはず。だけど、男の人に囲まれて怖くて逃げまわっているうちに終わってしまった。

それに想い人に会いたいからと言って誘ったディアドリー様は、待ち合わせの場所に来なかった。会場についてから、彼女の知り合いだという男性が謝罪の手紙を持ってきてくれたけれど……正直、彼女が来ないのなら参加なんてしなければよかった。ただ疲れただけ！』


『十二月六日——仮面舞踏会の件が父様や母様、兄様にまで知られてしまい、大変なことになった。〝第一王子の婚約者、危険な一夜？〟という記事が新聞に書かれてしまったのだ。


私の赤い髪は目立つけれど、なぜ正体を見抜かれたのかしら？　特別な人々ばかりが集う場所というのはたぶん嘘。また視察のときみたいに嵌められたのだと今更気づいても手遅れだった。ディアドリー様がそんなことをする人だと見抜けなかった私がいけないのかもしれない。破談になれば、友人のふりをして近づいてくる人もいなくなるのかな……。

証拠はないので、どうにもならない。……きっともうアルヴィン様の耳にも入っている頃でしょう。とにかく気が重い！』

一度目の世界でレイチェルはディアドリーに騙されて、未婚の令嬢が行くべきではない仮面舞踏会に参加してしまった。

その頃にはもうアルヴィンは婚約者を見放していた。レイチェルが記事の内容を否定しなかったこともあり、なぜこうなったのかを調べようともしなかった。

彼女はきっと、友人に裏切られ、たった一人で絶望していたというのに。

そして時を遡ってから、アルヴィンが最初にしたのはレイチェルが仮面舞踏会でまとったものとそっくりのドレスと赤い巻き髪のかつらを用意することだった。

ドレスはかなりあとになってから、調査のために押収したものを見ただけだから、細かい部分は異なっている。けれど彼女にドレスを与えた侯爵令嬢ディアドリーが会場に現れないと予想できていたので、雰囲気さえ同じなら問題なかった。

「……それにしても、こんなに簡単に踊ってくれるとは」

執務用の机の上には二社の新聞が並べられている。

書かれている見出しを読んでアルヴィンはつい笑ってしまった。計画どおりの展開になったからだ。

そして、午後になるとマーカスが訪れた。

「マーカス……ご苦労だったね。その怪我はどうしたんだ?」

「ナタリアに」

マーカスは大変不服そうな顔でボソリとつぶやく。

「はとこ殿か……。なんでそんなことになったんだ?」

「殿下のご命令でしょうが!」

人払いをしているため、第一王子とその護衛という関係から、幼馴染みの気安い関係になった。

「私は殴られるようなことをしろとは命じなかったはずだが……?」

アルヴィンの作戦はこうだ。

まずレイチェルには当日まであえて詳細を告げず、できるだけ一度目と同じ行動をさせた。そうすれば、ディアドリーのたくらみに気づかず誘いに乗るはずだからだ。

出かける直前でアルヴィンがレイチェルを連れ出す。彼女には侯爵家に欠席の連絡を入れると約束したが、もちろんしていない。

そして仮面舞踏会へは変装したナタリアを向かわせた。彼女は体型やパッと見た印象がレイチェルとよく似ていた。親しいディアドリーがいないのだから、十分に身代わりが務まる。

ナタリアには未来を知っているという話は聞かせていないが、レイチェルを妃にさせないための陰謀めいた計画があることだけは説明している。

彼女は、姉と慕うレイチェルを助けるため、進んで囮の役を引き受けてくれた。もちろん、マーカスとアルヴィンの部下たちが彼女の安全には最大限の配慮をしている。

仮面舞踏会の会場へは、ナタリアだけでなく、別口で招待状を入手したマーカスも行かせた。レイチェルと親密な関係の男という役割を演じながらナタリアを守るためだ。

「……記事になるように、イチャイチャしろというのがご命令でしたので」

どこかにレイチェルを誘惑する役目を負った者が会場にいるという予想はできていた。レイチェルがたまたま別の男性と出会い、記事になるような問題行動をしておけば、誘惑する役割の者は無理に近づいてこないだろう。

だからマーカスにはレイチェルと親密な関係を匂わせろと命令したのだ。

「……で、なにをしたんだろうか？」

「キスをしたら他人の目がなくなった瞬間に殴られました……あのお転婆め！」

マーカスとナタリアは恋人未満ではあるものの、互いを意識している関係だとアルヴィンは予想していた。だからこその人選なのだが、殴られるほどの大胆な行動をしろとは命じていない。

命令だからなどと言い訳をしていないで、許されるかどうかの加減は自分で判断するべきではないのだろうか。アルヴィンは自分が昨晩レイチェルにしたことを棚に上げて、友人に非難の視線を向けた。

「お詫びの品を用意するべきだよ、マーカス」

「レイチェルを陥れる者を排除するのは伯爵家のためでもありますが、殿下から与えられた任務でもあります。……任務で生じた損害は、殿下が負担なさるべきでは？」

マーカスは真顔でとんでもないことを言い出した。

「ちょっと待て……！　君は他人の金で女性に贈り物をするのか？　そういう性格だから殴られるんだよ。しかもイチャイチャしろとは言ったが、キスをしろとは命じていない」

アルヴィンは、仕えている者が任務中に負った損害を補填するくらいの器量は持っている。お詫びの品を用意することは簡単だ。

けれど気の利かないマーカスが馬鹿正直に「第一王子殿下からだ」と言ってお詫びの品を手渡し、事態を悪化させる想像が容易にできてしまう。

「そんな……！」

「いいかい？　絶対にナタリア殿に、お詫びの品を贈るんだ……。これは友人としての助言だ」

経費で落とせば職務上の謝罪だ。マーカスが個人的に関係改善を図りたいならば、彼自身が負担しなければ意味がない。

それに、こういう場合金額よりも心が大切なのだ。

「御意」

「はとこ殿への謝罪は、君に任せるとして……。本題に入ろうか」

マーカスの表情が引き締まる。ここからは真面目な話だ。

「すべてはラムゼイ侯爵家がこの件に関与している物証を押さえるためですからね」

アルヴィンは頷いた。ラムゼイ侯爵とディアドリーが未来の王妃の座を狙い、レイチェルを罠に嵌めようとしているのは疑いようがない。

経験から先の予測がついたとしても、犯していない罪で人を裁くことはできない。だからアルヴィンは今回、あえて一度目の世界で起こったことと似た状況になるように動いた。

ドレスや招待状の入手経路、記事を書いた者とラムゼイ侯爵家の繋がり――これらについての証拠を押さえるための行動は、首謀者が証拠隠滅を図る前に行っている。

ラムゼイ侯爵やディアドリーは今朝の新聞を読んで、愕然としただろう。

ディアドリーは危険な仮面舞踏会への参加はしなかったものの、別の者にレイチェルを監視させていたはずだ。

迎えの馬車は黒のドレスの令嬢を確実に会場まで送り届けた。レイチェルがそこで出会った屈強な体つきの男性とキスをしているところまで、監視役はしっかり目撃したはず。

それなのに仮面をつけていないレイチェルが、同日同時間帯に別の場所にいた。今頃どちらが本物なのか確認するために奔走しているだろう。

「すべての証拠が揃うまで、ラムゼイ侯爵家は監視だけつけて泳がせよう。法案を通すのにあの男の力が必要なんだ」

宰相を務めるラムゼイ侯爵は比較的アルヴィンに協力的だ。だからこそ、レイチェルを排除しようとしているのだ。そして、最大の政敵であるウォルターズ公爵に対抗するために、今はまだラムゼイ侯爵の力が必要だった。

罪を問うのは、利用したあとだ。

「怖っ！」

幼馴染みはアルヴィンの腹黒さに戦慄しているが、それくらい強くないと望んだものは手に入らないのだから仕方がない。

「……それからマーカス」

「なんでしょうか、殿下」

「次からは私の力はあてにならない」

「殿下の力というと、予知能力……というか、一度経験したとかなんとか……？」

マーカスはまだ疑念を抱いている様子だ。特定の日の気象現象を言い当てても、マーカスはアルヴィンの言っていることをすべて信用しているわけではないらしい。それでも主人の命令には忠実だから、問題はない。

「そう。悪意がある者が集まる場所、それから危険な場所くらいはわかるけれど、もう別の道に逸れてしまったから一度目と同じにはならない」

今回の仮面舞踏会の一件で、それまで単なる噂程度だったレイチェルの悪評が一気に広まるはずだった。回避できたのは成果だが、それによってアルヴィンの経験した一度目の世界での今後の事件はもう起こらない可能性がある。

「その場合、どうしたらいいのでしょうか?」

「全方向に警戒するしかないだろうね」

「そんな!」

「ヒントはある……誰が敵なのかがわかっているというだけでも、私たちはかなり有利に動けるはずなんだ。ひとまず今後起こりうる事故を回避するために、次の行動に移ろうか」

そう言って、事前に作っておいた資料をマーカスに手渡す。

アルヴィンが一度目の人生と違う道を歩んだとしても、それ以前に構築された他者の性格や人間関係、派閥は変わらない。それから貴族が多く集まる場所で事件が起こりやすいのも予想できる。

アルヴィンは今後も時間を遡る前の経験を利用し、理想の未来を手に入れるつもりだった。

「……宮廷内における水難事故防止策?」

資料に目を通しながらマーカスが首を傾げる。

「よろしく頼む」

「どのあたりがレイチェルに関係しているのかわかりませんが、とりあえず承りました」

「うん。……ところでレイチェルの様子は？　あの者たちを排除するため必要な作戦だったが、友人の裏切りに傷ついただろうな」

「……俺が屋敷を出るときは、部屋に閉じこもっておりました」

昔から強がりで素直とは言えないレイチェルは、繊細で傷つきやすい女性だ。思い込みが激しい部分もあるが聡いから、一度目の世界でそうだったように友人の裏切りには気づいているだろう。

「会いに行こうかな」

昨晩会ったばかりだが、頻度の問題ではない。愛する人が傷ついているのなら、無条件でそばにいるべきだった。

二十二歳の頃――本来のアルヴィンは婚約者との時間を大切にしたいと考えつつも、公務を蔑ろにして女性に会いに行くのは罪だと思い、予定にない行動などほとんどしなかった。

誠実ではあったはずだが、頭が固かったのだ。今のアルヴィンは違った。

「殿下。あの子の兄として言わせていただきますが、不埒な行為はおやめください。……本当に」

マーカスの目が据わっている。今の彼は第一王子に仕える護衛でも、幼馴染みでもなく、妹の貞操を守るために立ち塞がる兄だ。

「すまない。君の知らないあいだに私の愛は重いものに変わってしまったんだ」

会うたびに不慣れな彼女を気絶させていたら、身内から苦情が来るのは当然だった。できるだけ善処しようと思う一方で、アルヴィンはレイチェルを愛することをやめられない。

結果、暴走気味なのはどうにもならなかった。

「開き直らないでください！　ぶん殴りますよ、さすがに」

「わかった、わかった。会いに行くだけで、今日は不埒な真似はしない」

あくまで「今日は」と限定した。

アルヴィンは書類の整理をしてから防寒着を羽織り、ヘイウッド伯爵邸に向かった。

第四幕　大きく変わった世界で

アルヴィンの声が響く。悲しそうな顔をして、失望して——最後はなんの感情も読み取れなくなってしまった。

『今まで仲のよい婚約者同士だと思っていたけれど、私一人では満足できなかったんだ……？　よりにもよってあんな場所で男と……』

『君はいつからそんなふうに誰かを傷つける人になってしまったんだ？』

『……さようなら、今日からはもう私に関わらないでくれ！』

レイチェルは誤解だと叫ぼうとした。昔からずっと大好きなのはアルヴィンただ一人。ほかの男性になんて触れられていないし、触れてほしいとも思わない。誰かを傷つけようとしたこともない。別れなど受け入れたくなかった。

けれど毎回、レイチェルの叫びは声にならない。声にすることは彼女に許されていないのだ。

（やだ……やだ！　こんなの嘘……だって、アルヴィン様は……ちゃんとわかってくれる方だもの……）

これはきっと悪夢だ。けれどまるで実際に言われた経験があると勘違いしそうなほど生々しい。これ以上目が覚めなかったら、レイチェルの心が壊れてしまう。それくらいすべての言葉が彼女の胸に突き刺さった。

（助けて……助けて……！　アル――）

助けを求めるべき人物を間違えている。彼から冷たい言葉を浴びせられても仕方のない振る舞いを続けているのはレイチェル自身だというのに。そう感じた瞬間、ハッと目が覚めた。


友人の裏切りに傷ついたレイチェルは、ベッドの上に寝転がり昨晩の出来事を振り返っていた。そのうちに眠ってしまったのだ。

「……やっぱり夢だった……よかった……」

目が覚めても、胸の苦しみが消えてくれない。これ以上眠りたくないレイチェルは、ひとまず半身を起こした。なにかしたほうが気が紛れるはずだが、身体がだるくて動く気にはなれなかった。

「あぁ、でも……。これから同じ言葉を言われるかもしれないのね……」

アルヴィンが誤解してくれなくなっても、問題は一つも解決していないのだ。だったらレイチェルはより強い言葉でアルヴィンを遠ざけないといけない。

「できるの……？　私に……」

先ほどの悪夢はいずれ同じ経験をするという警告なのだろうか。現実で起こったことではないというのに、レイチェルはこの痛みを知っている気がした。経験したことのない痛みや恐怖など夢に出てくるはずがないと思ったからだ。

私室に一人きり。家族は落ち込んでいるレイチェルを気遣ってそっとしておいてくれている。だからベッドの上に座ったまま、レイチェルは涙を我慢せず、声を上げて泣いた。

「泣いていたのか？」

声がしたのは扉のほうだった。レイチェルが顔を上げると、そこにはアルヴィンがいた。

「……ア、アルヴィン様っ！　どうして……？」

彼は昨日から二日連続で約束もなしにやってきている。赤ん坊の頃からの付き合いだが、王族として忙しくしているアルヴィンとは予定外に会うことがほとんどなかった。急用のときですら必ず先触れを出してくれる人だった。

「君が心配で」

「心配されるようなことはなにもありません！」

強がりで彼の言葉を否定したのに、アルヴィンのたった一言で先ほどまで感じていた胸の痛みがスーッと消えていく。

直前まで見ていた夢は、現実には起こらないと教えてくれている気がした。

「泣きながら言われても説得力がまるでないし、どう返せばいいのかわからないよ」

「これは、違います！　とても嫌な夢を見て……寝ぼけて泣いていただけなんです。アルヴィン様とは関係ありませんから、思い上がりもほどほどになさってください」

「思い上がり？　……そもそも私は、私が原因だとは言っていないのに、なぜそんなに必死に否定するんだろうか？　……なるほど泣かせたのは私だったんだ？」

彼には関係ないという言葉が、むしろ彼に関することで泣いていたという証明になってしまった。レイチェルはこれ以上泣き腫らして赤くなった瞳を見られたくなくて、頭から毛布をかぶった。

「アルヴィン様は最近意地悪です。……嫌い」

「君が素直になってくれたら改善するつもりはある」

嫌いとはっきり言われても、アルヴィンはなんでもないことのように振る舞う。だからレイチェルは焦り、余計に頑なになった。

「私は昔から素直です！　それに、今のところはまだ婚約者かもしれませんが、適切な距離感というものがあるはずです。女性の私室に許可を得ずに入るなんて許されません」

「あぁ、そう……。次からは許可を得るようにする」

「許可なんて出しません」

アルヴィンが肩をすくめる。レイチェルの言葉がまったく響いていないのだ。彼はそのままレイチェルが丸まっているベッドの横まで移動して、浅く腰をかけた。

「近寄らないでください」

レイチェルはモソモソとベッドの上を移動して壁際に逃げた。

「なぜ……？」

「昨日、私の首筋を吸いましたよね？　アルヴィン様のせいで、私……家族の前で恥ずかしい思いをして母様に怒られたんですから！」

思い出しただけでもカッ、と頬が熱くなる。鬱血した場所が気になってそわそわと居心地が悪い。

「え！　隠さなかったのか？　普通隠すものだが？」

「私はそんな普通は知りません！　ただの肌荒れだと思ったんです。……キ、キ……キスされたら赤くなるだなんて、教わっていなかったので……その……」

「ならばなにかお詫びをしよう。チョーカーなんてどうだろうか？　次のデートのときに一緒に選べるといいんだが」

　今後、首筋にキスマークを残したときにそれで隠せという意味だ。また同じことをするつもりと受け取れる発言にレイチェルは困惑し、今、強く拒絶するべきだと考えた。

「困ります。私はもう……あなたとは……」

「賭けは？」

　レイチェルは言葉を詰まらせた。昨晩の賭けにレイチェルは負けたのだ。レイチェルが勝ったら彼女の希望に添って婚約の解消を検討してくれる。アルヴィンが勝ったときは、彼のことをもう一度信じるという内容だった。

　ただ「信じる」という言葉はふんわりとしすぎていて、どうとでも解釈できる。実際、レイチェルは彼の人柄や優しさを疑ったことはなく、信頼している。

　そんな屁理屈でごまかそうかと考えていると、ギシリと音を立ててアルヴィンがレイチェルを引き寄せた。

「今日は触れない」

「今、触れているじゃないですか！　言っていることとやっていることが噛み合っていません」

　母に叱られたばかりのレイチェルは、今度こそ不埒な婚約者を拒絶しようと必死になる。

　細身で繊細な印象のアルヴィンだが、見かけによらず腕の力が強い。レイチェルがどう

あがいてもその腕を振りほどけない。

「直接触れていないからいいんだ」

　毛布ごとだから触れていないという勝手な主張だった。

「君が心配しているのは、宮廷内における私の立場と伯爵家の財政の件だろう？」

　伯爵家の問題まで言い当てられてレイチェルは思わず顔を上げる。アルヴィンの紫色の瞳はまっすぐにレイチェルを見ていた。

「兄様が話したのですか？」

「直接聞いたわけではないよ。……ただ各領地の状況は、国へ報告されるのだから推測はできる」

「そうでしたか……。でもそれだけではありません。私自身、無理だと思ったんです。これは嘘ではありません」

　ただ彼が好きなだけでは妃は務まらないのだと、親切な誰かが教えてくれている。これまでにレイチェルの身に起きた理不尽な出来事は、彼らからの強い警告だ。

「もう少しだけ時間がほしい。……同じ結末を迎えないために必ず結果を出してみせるから」

「アルヴィン様……、私は……」

「無理に答えなくていい。今はまだ……」

レイチェルが態度を改めなければ、一年後に破滅すると彼は言う。荒唐無稽な話だと一蹴できればいいのに、仮面舞踏会の件でどうしてアルヴィンが先回りできたのかを考えると、もう笑い飛ばせなかった。

アルヴィンを信じる——幸せな未来を夢見ていいと言われたら、どうしても別れを望む決意は揺らいでいった。

◇　◇　◇

それから十日後。レイチェルは王太后セオドーラの茶会に招かれ宮廷を訪れた。

代々の王妃が愛してきた宮廷内にある庭園は、寒い季節を忘れさせるマーガレットの花が咲き誇る。セオドーラはこの可愛らしい花がたいそう気に入っていて、毎年冬の時期に多くの貴婦人を招待し、大規模な茶会を開くのだ。

レイチェルにとってこの庭園は、亡き王妃やアルヴィンと一緒に過ごした思い出の場所でもある。池でボート遊びをし、季節の草花を愛で、疲れたら東屋でお菓子を頬張る。幸せな記憶が蘇る。

レイチェルは無邪気だった子供の頃を懐かしみながらアルヴィンと池の周囲を歩いていた。茶会のはじまる時間にはまだ少し早い。アルヴィンはなぜか招待客が到着する前に来るようにとレイチェルに命じたのだ。

　最近のアルヴィンは隙あらばキスをしようとするため、レイチェルとしては二人きりになりたくなかった。ただ呼び出しの理由が、今回の茶会に関して事前に話をしたいという内容だったので、応じるしかなかった。

「いいかい、レイチェル。池の水は冷たいし、ボート遊びができるようにかなり深くなっている。泳げない女性が落ちたら危険だ」

「私は畔に近づくような子供ではありません」

　レイチェルは泳げないし、一般的な貴族の女性は皆そうだ。手すりのない池の畔にわざわざ近づいたりはしないだろう。

　それにこの庭園は数え切れないほど訪れている場所である。なんだか子供扱いされている気がして頰をふくらませた。

「君はそうかもしれないけれど、ほかのご婦人方も同じとは限らない。お祖母様はもう高齢だ。君は近い将来もてなす側になるのだから、それにふさわしい行動をするんだ」

「……」

　返事はできなかった。もてなす側という言葉を素直に受け入れるつもりがないからだ。ただ、婚約破棄以外に道はないというレイチェルの出した結論が間違っていたかもしれないという思いは抱えたままで、それがどんどんふくらんでいる。

アルヴィンは、レイチェルの無言の抗議に軽くため息をつきながら話を続ける。

「レイチェル、見て。……ヒイラギの木の下に小さな木箱があるだろう？　あそこには浮き袋とロープが入っている」

木箱は景観を損なわないように目立たない場所に置かれている。一ヶ所見つけると、池の周りを取り囲むように同じものがいくつかあるのがわかる。

「救助用ですね？」

「そう。念のため」

「それもアルヴィン様の予言ですか？」

以前に訪れたときにこんなものはなかったし、木箱はまだ新しい。ごく最近設置されたものだとすぐにわかる。アルヴィンが命じたのなら、未来を知っていると主張する件と関係があるに決まっていた。

「予言か……。確かに私は、この先の危機を知っていた。……だが、未来が見えているわけではないから、今はもうなにが起きるのか予想できないんだ」

「どういうことですか？」

仮面舞踏会のときはすべてを見通す目を持っていたとしか説明がつかない行動をしている。今回はそうではないという割に、妙に池にこだわっている。

「君は視察をさぼり、目障りな令嬢のドレスを汚し、仮面舞踏会で男漁りをして第一王子に愛想を尽かされた悪女なんだろうか？」

「違います！」

「私の知っているこの時期のレイチェルはそう言われていた。……仮面舞踏会の記事のみが表に出てしまった場合を想像したら、わかるだろう？」

あの日、歌劇場に集まった多くの貴族がレイチェルの姿を目撃していたため、仮面舞踏会の件は悪意のある捏造《ねつぞう》だと証明されている。

平凡な伯爵家の娘を第一王子の婚約者の座から引きずり下ろしたいという意図が明確であるため、同情的な意見が多い。

王妃が亡くなって以降、レイチェルが第一王子の妃となることに反対していた者たちも、表立って批判できなくなっていった。レイチェルに嫌がらせをしている一派だと思われたくないのだろう。

「私の評判が変わったから、予言どおりの事件は起こらないとおっしゃるのですか？」

「そうだ。だからといってすべてがよい方向に進むとは思えない。君は池には近寄らないで。事件が起きたときだけ対処するんだ。……いいね？　必ず守りなさい」

いつになく強い口調だった。レイチェルを排除するために、過激な行動に出る者が現れる可能性をアルヴィンは懸念しているのだ。

「危ないと言われた場所に近づくほど短慮ではありません」

「それでいい。ありがとう。……そろそろ行こうか」

レイチェルはアルヴィンと並んで歩き、茶会が開かれる庭園に面したサロンに向かう。

花を愛でるために開かれる茶会ではあるものの、真冬の屋外でお茶を楽しむのは無謀だ。暖炉のある暖かなサロンでお茶を飲み、景色を楽しみたい者はテラスから外に出て散策をするというスタイルだった。

すでに十人ほどの女性たちが集まっていた。レイチェルの登場に会場がざわつく。もう悪い噂は消えつつあるのに、どうしてだろうか。

「私がわざわざ君を送り届けたんだから、ご婦人方の注目を集めるのは当然だ」

アルヴィンが耳元でボソリとささやく。確かに彼女たちからは悪意を感じない。

やがて集う人々のあいだから、扇子を手にした白髪の女性がレイチェルたちのほうへとやってくる。温和な人柄がうかがい知れるのに、凜とした雰囲気を兼ね備えている貴婦人は、王太后セオドーラだった。

「……まあ！　アルヴィン、それにレイチェル様。本当にいつも仲がよいわね」

「セオドーラ様、本日はお招きくださってありがとうございます」

「よく来てくださいました。アルヴィンは、ちょっと過保護ね？　……フフッ」

女性だけの集まりだというのに、わざわざやってくる孫の行動をセオドーラはたしなめる。

「最近は事実無根のでっちあげを記事にする者もいるようです。レイチェルが標的にされてしまう理由は私にあるので、どうしてもそばにいてあげたくなってしまうんです。もちろん、女性だけの集いに混ぜていただくつもりはございません」

婚約者を気にする優しい第一王子という態度を見せつつ、集まった者たちへの牽制もしている。アルヴィンは、レイチェルのことを少しも誤解していない。だから、くだらない陰謀で二人の仲を引き裂くのは不可能だと印象づけるために、わざわざ姿を見せたのだ。

「……それではお祖母様、私はこれで失礼いたします」

ただ会場までエスコートしただけであり、これ以上無粋な真似はしない、とアルヴィンはすぐに立ち去ろうとする。

レイチェルから離れる直前、一瞬だけ彼は腕の力を強めて自分のほうへ引き寄せた。そういうちょっとした仕草にレイチェルは毎回翻弄される。

私がいつも想っていることを忘れないで——言葉ではなく、態度で示された気がした。

レイチェルはアルヴィンが見えなくなるまで、つい彼の背中を追ってしまった。

「さあ、レイチェル様……わたくしの隣へいらして?」

庭園を見渡せるサロンには、いくつかのテーブルが並べられている。王太后と同じテーブルを囲むのは、とくに王家にとって大切な付き合いのある貴婦人ばかりだ。

ウォルターズ公爵令嬢マドラインも同席しているのだが、セオドーラはレイチェルを隣に招くことによって、第一王子の婚約者であるレイチェルを認めていることを示そうとしていた。

「ありがとうございます、セオドーラ様」

セオドーラが守ってくれるおかげで、以前から度々ささやかれているレイチェルの悪評や、仮面舞踏会の記事の真相などをたずねてくる者は誰もいない。

代わりに、アルヴィンとの良好な関係について根掘り葉掘り聞かれた。これは、単純に貴婦人たちが他人の恋愛話が好きというだけではないのだろう。レイチェルが第一王子の妃になる可能性がどれくらいあるのかを探っているのだ。

今まで二人の破談を望んでいた者、表面上この件に関わらないという立ち位置にいた者は、今後レイチェルやヘイウッド伯爵家と友好的な関係を築くべきか判断に迫られているのだ。

「第一王子殿下は、随分レイチェル様を大切にされているのね?」

婦人の一人がレイチェルに問いかける。

「アルヴィン様は誠実なお方ですから」

「そろそろお二人の婚儀の予定も決まる頃でしょうね?」

「そうかもしれません。アルヴィン様と父にお任せしておりますので……」

レイチェルは、婦人たちの質問を適当に流した。こういう腹の探り合いは彼女の最も苦手とする部分だった。

紅茶を一杯飲み終える頃、池に集まる水鳥や、美しい花壇を見に行くために席を離れる招待客が増えていく。

レイチェルは、誰か知り合いが来ていないかと周囲を見回した。礼儀としてマドラインに声をかけようとするが、そっぽを向かれてしまった。

第一王子の婚約者ではあるが、伯爵令嬢のレイチェル。第二王子の婚約者で公爵令嬢のマドライン。次期国王がどちらの王子であるか正式に定まっていない中では、マドラインのほうが格上――と彼女は考えているのだろう。

けれど、レイチェルにだけ特別な王者の紫《ロイヤルパープル》の絹織物が与えられ、今日も席次で優遇されている。それがマドラインにとっては気に入らないのだ。

ほかのテーブルには同世代の令嬢数名の姿が確認できた。

(ディアドリー様も招待されていたのね?)

一瞬目が合った気がしたが、彼女はレイチェルのそばにはやってこない。

アルヴィンや家族からの指示では、調査が終わるまで仮面舞踏会の件でディアドリーを問い詰めるなとのことだった。

だからレイチェルは自分からは近づかないことにした。

「レイチェル様、ごきげんよう」

「ごきげんよう、……モーリーン様」

声をかけてきたのは、子爵令嬢モーリーンだった。彼女は体調不良のレイチェルを見舞った人物の一人だ。

ただし、見舞いに来てくれた令嬢の中で、誰が故意にレイチェルを貶める嘘の混ざった誇張をしたのかは正確にはわからない。四人ともそうだったかもしれないし、そのうちの誰か一人くらいはただ誘われただけだったかもしれない。

あれ以来レイチェルは彼女たちと距離を置いていたのだが、モーリーンのほうから声をかけてくるのは意外だった。

「わたくし、レイチェル様に大切なお話がありますの。せっかくですから池のほうを見に行きませんか？　水鳥がたくさん住んでいるそうですから、きっと楽しいですわ」

これまでの経験から警戒は必要だが、話すら聞かないのは正しい行動とは思えない。もしかしたら謝罪をしてくれるかもしれないのだ。けれど、アルヴィンからの忠告も忘れていなかった。

「ごめんなさい、私……鳥が苦手ですの」

レイチェルはにっこりとほほえんでみせた。

「えっ、……そ、そうなのですか？」

「よろしければ花壇の近くのお席で少しお話をいたしませんか？」

池に近づくなというアルヴィンの命令を無視するのは無謀だ。

だから池には近づかない。それでも、決してあなたと話すのが嫌なわけではないと示すために、レイチェルは別の場所を提案した。

ある程度人目がある場所でなら、話を聞いてもいいはずだ。

「……素敵なお誘いありがとうございます。ですが、水鳥を見に行こうとほかの方にも声をかけてしまったんです。わたくしはそちらへ向かいますわ」

「戻ってこられたら、ぜひお話をいたしましょうね」

「ええ、それではまたのちほど」

モーリーンはお辞儀をしてからレイチェルのそばを離れた。結局、彼女の目的はわからないままだった。

その後、レイチェルは同世代令嬢たちと一緒に花壇のほうへと向かった。色彩を失いがちな冬の庭園に、白と黄色の小さな花が咲いている。可愛らしい印象なのに、力強さを感じる花だ。

セオドーラも外に出ていて、招待客の婦人たちに庭園の説明をしている。

突然、和やかなひとときをザブン、という大きな水音が打ち壊した。

「きゃぁぁっ！　誰か、誰か来て！」

水音と同時に、悲鳴が響く。池のほうでなにかがあったのをレイチェルはすぐに察した。

セオドーラが顔色を変えた。

「私が確認して参ります。……貴婦人にあるまじき行為をお許しください！」

早口でそう宣言をしながら、レイチェルはドレスの裾をたくし上げて池のほうへと駆けだした。

「あちらで、どなたかが池に落ちたようですわ！」

誰かが指を差す。池の畔にはすでに数名の婦人が集まっていたが、彼女たちはただ悲鳴を上げて立ち尽くしているだけだった。皆、身長より深い池に飛び込むことなどできないのだ。

「……あれは！」

必死に助けを呼びながらもがく令嬢の姿が目に飛び込んできた。警備の兵が水の中へ入り救助を試みるが、令嬢が暴れるせいで上手く行かない。このままでは二人とも溺れてしまう。

（本当に、アルヴィン様の予想どおりだわ！）

アルヴィンの助言に従って、レイチェルは迷わず木箱に向かい、中から救命用の浮き袋を取り出した。

水際まで近づいたあとに、勢いよくそれを投げる。浮き袋は兵の近くに落ちて、すぐさま令嬢のほうへと差し出された。

安定して掴まっていられるものを得たことで令嬢は落ち着きを取り戻す。よく見ると、溺れているのは先ほどレイチェルを誘ったモーリーンだった。

「……ロープを引きますから、しっかり掴まっていてください！」

レイチェルがロープを引くと、近くにいた女性たちも慌てて協力してくれる。

岸まで寄せてから、レイチェルはモーリーンに手を差し伸べる。

モーリーンのドレスはたっぷり水分を含んでいて、足場もない岸で水から上がるのは骨が折れるようだ。水中から兵が支え、レイチェルが手を握り、ようやく引き上げられた。

「……はぁっ、はぁっ！　……レイチェル、様……？」

「もう大丈夫よ」

「あ、あぁっ、ごめんなさい……っ！　ごめんなさい」

安心したのか、モーリーンはしゃがみ込んだまま大粒の涙をこぼした。

謝罪は、レイチェルまで泥水にまみれてしまったことに対してだろうか。それとも嘘でレイチェルを陥れた件についてだろうか。

「無事でよかったです。それよりもどうして水の中へ？」

「……あ、あの……わたくし……そう。きっとぼんやりしていたのですわ！　それで一人で勝手に……。ご迷惑をおかけいたしました」

彼女はほかの令嬢たちと一緒に水鳥を見に行ったのではなかったのだろうか。「一人でだ。

勝手に」という状況がわからずレイチェルは首を傾げる。けれど、事故の原因を聞くより

も、優先すべきことがあった。

「お顔が真っ青です。さあ、早く暖かい場所へ」

唇は紫に変色し、歯がカタカタと鳴っている。一刻も早く暖炉のある場所に向かうべきだ。

ちょうどそのとき、セオドーラが兵や女官を引き連れてやってきた。状況確認をレイチェルに任せているあいだに、セオドーラは適切な応援を呼んでいたのだ。

寒さで震えているモーリーンは、すぐに女官に連れていかれることとなった。

「レイチェル様、よくやってくれました。とても冷静な対応です。さすがですわ」

「ありがとうございます。ですが、じつは私の判断ではないのです」

「どういうことかしら？」

「アルヴィン様から、このような事故が発生した場合の対応について助言をいただいておりました。……すべてはあの方のご配慮があってこそです」

アルヴィンとの今後に迷いのあるレイチェルには、伯爵令嬢としての自分の評価が下げられるのは困るが、未来の妃としての実績など必要なかった。だからすべてをアルヴィンの功績にして逃げ切るつもりだ。

「まあ、アルヴィンが？　……では二人で協力した結果ということですわね」

セオドーラの表情がほころぶ。

「本当に、私はなにも……」

レイチェルは大げさな手振りを交えて彼女の言葉を否定した。

「謙遜などせずとも。わたくし、嬉しいのです。次の国王となる者が立派に育ってくれたことも、その伴侶となるあなたが王家の一員としてふさわしくあろうとしてくださることも」

これから起こることがわかっているような発言を繰り返すアルヴィンの助言を無視できる者がいるだろうか。人の命に関わるものならば、絶対に無理だ。だからこの功績はすべてアルヴィンのものだというのは、謙遜にはあたらない。

「お、恐れ入ります……」

アルヴィンのせいで、レイチェルは望まぬ方向に評価されている気がした。今までやることなすこと裏目に出て、不当に貶められていたのが嘘のようだ。

「レイチェル様も服が濡れてしまっているわ。あとは警備の者に任せて、ひとまず休息を取りなさい」

「はい、セオドーラ様。本日は失礼させていただきます」

レイチェルはセオドーラに挨拶をしてから、女官の案内で適当な部屋に通された。モーリーンに手を貸したせいでドレスは濡れているし、ぬかるんだ場所でロープを引っ張ったから泥だらけだった。

女官が入浴を勧めてくれたので、レイチェルはありがたく湯を使わせてもらうことにした。足についた泥を落とし、熱めの湯で身体を芯から温める。

十分にリラックスしてからバスローブを羽織り、浴室を出る。

「失礼いたします。新しいお召し物の用意ができました」

女官が可愛らしい花柄の布地を抱えレイチェルに近づいてくる。

「それは……」

宮廷勤めの者のまとうお仕着せならば用意できるだろうから、レイチェルはありがたく借りるつもりでいたのだが――。これは女官がまとう地味なドレスとは明らかに違う品物だった。

「第一王子殿下からこちらをお預かりして参りました」

「どうして……!?」

贈り物ではなさそうなのに、なぜアルヴィンが都合よくドレスを持っているのか意味がわからない。袖を通してみると、丈も、腰回りも、採寸しないと不可能なくらいぴったりだ。

しかも可愛い。淡いピンクの小花の生地にフリルがたくさんついてレイチェルの好むデザインだった。

「あの、なにか問題がございましたか？」

ただ預かってきただけの女官にはなにもわからないだろう。

「いいえ……。アルヴィン様はどちらにいらっしゃるのでしょうか？」

「はい。殿下は私室にいらっしゃいます。お支度が終わられましたらヘイウッド伯爵令嬢をご案内するように仰せつかっております」

「そう、ちょうどよかったわ。……私もアルヴィン様にお会いしたいと思っていたところですから」

にっこりとほほえみながら、レイチェルは決意していた。

今こそ、彼のすべてを知るべきだということを。ついでに、なぜドレスを用意していたのか、なぜそれがレイチェルにぴったりなのかも問い質したかった。

幕間　第一王子は悪夢を繰り返さない

アルヴィンはマーカスとナタリアから事件の裏側について報告を受けた。

令嬢が池に落ちるという事故が発生したため、王太后主催の茶会は早めにお開きとなった。レイチェルは入浴と着替えが必要なため、当分ここへはやってこないだろう。

「私も宮廷のお茶会に参加できると思っていたのに……思っていたのに……！　兄様に騙された！」

涙目になっているナタリアは森林地帯で使用する軍服という男装姿だ。服や髪には葉がついているし、顔は土で汚れていた。

「仕方がないだろう？　俺が登れる太い木がなかったんだから」

冬に咲く花を愛でる茶会には多くの貴婦人たちが招かれている。

アルヴィンは以前の経験から、茶会ではなにかが起こるのではと予想していた。

そうでなかったとしてもレイチェルを追い落とそうとたくらむ何人かの令嬢が、この機会にどこかで密談でもするのではないかと考えていた。茶会には、明らかにレイチェルを敵視している者が紛れ込んでいて、その者の性根は状況が多少変化しても基本的に変わらないからだ。

庭園内で、ほかの者の目につきにくい場所は限られる。アルヴィンは密談に適した場所に目星をつけて、そこに間者を配置する計画を立てた。

すでに一度目の世界とは道を違えてしまったため、なにが起こるのかわからない。わからないからと言って、なにもしないのは愚か者だ。すべての可能性を検討し、対策をするのがアルヴィンの方針だった。

「私、これでも男爵家の娘で一応貴族なんですよ。なんで枝に擬態して聞き耳を立てていなきゃいけないんですかぁ……。寒いし、高いし、お腹が空くし」

ナタリアがマーカスの胸ぐらを掴んで、ほぼぶら下がる勢いで引っ張っている。

「俺だって近くにいただろう?」

「警備の兵として巡回していただけじゃないですか!」

真冬の屋外で、動かずにいるのは相当大変だったに違いない。アルヴィンは最初に命令を出した者としての責任を感じた。

「ナタリア殿……本当にすまない。まさかマーカスが作戦を説明せずに連れてくるとは思わなかった」

彼女は軍人でも諜報員でもない、ただの男爵令嬢だ。

アルヴィンは、身軽な者を一人木の上に配置するようにとマーカスに命じていた。けれどまさか、ナタリアにさせるとは想像すらしていなかった。しかも、マーカスは宮廷の茶会に行くと言って連れてきたらしく、参加できると思っていたナタリアは大層ご立腹である。

「アルヴィン殿下はいいんです。すべてはマーカス兄様の説明不足……それだけです。兄様へのお仕置きはあとで考えるとして、まずは報告をさせてください」

「よろしく頼む」

人のいい彼女は、はとこのために今回も諜報活動に勤しんでくれたらしい。仮面舞踏会のときもそうだったが、彼女は信頼できるし度胸がある。ナタリアが適任であるとしたマーカスの判断は間違いではない。ただ、誘い方がおかしいのだ。

「殿下の予想どおり、あの場所でおもしろい話が聞けました……」

「なんだろうか？」

「レイチェル姉様の友人――ディアドリー様は、子爵令嬢モーリーン様を使って姉様を池の畔に呼び出すつもりだったそうです。けれど、姉様が来なかったのでモーリーン様が叱責されていました」

今のところ泳がせたままにしているが、ラムゼイ侯爵家やディアドリーは仮面舞踏会でのたくらみが露見しないか気が気でないだろう。

「令嬢同士で？　……なるほど」

「はい、生糸の市場価格が……とか、逆らったらあなたの家は……とか……。そんな話でした」

「生糸だと⁉」

叫んだのはマーカスだった。次いでアルヴィンから視線を逸らし、気まずそうにする。

生糸の取引価格引き下げに伴う財政難は、伯爵家だけの問題であるというのが彼の認識なのだろう。

時を逆行したアルヴィンは、マーカスから相談されていなくても伯爵家の財政難について把握しているし、解決策も知っていた。

「ですが、モーリーン様はもう付き合っていられないと言って、ディアドリー様ともみ合いになりました。それで池に落ちた……という状況でした。すぐに駆けつけてきた警備の方が池に飛び込み、姉様が浮き袋を投げてモーリーン様は無事でした」

「そうか。……子爵令嬢とご家族にはぜひ今後の協力を願いたいところだな。少し話せばきっとわかってくれるだろう」

アルヴィンは、子爵家がラムゼイ侯爵の一派であるという部分までは一度目の経験から把握している。

ただし、二度目の世界で大きく異なっているのは、ラムゼイ侯爵の支配下にあった貴族が離反しつつあるという部分だ。

アルヴィンが取るべき最善策は、家が取り潰しにならない程度の罪を犯した者、または犯罪には至らない程度の嫌がらせをしていた者たちを、こちら側に引き入れることだ。

「殿下。協力を願いたい、ではなく……少し脅して手駒にしよう！　……の間違いでしょう？　その顔」

マーカスが指摘する。アルヴィンとしては、そんなに悪人面をしているつもりはなかったのだ。少なくともレイチェルの前では自重しようと反省した。

「……ふぅ。それにしてもレイチェルはきちんと私の言いつけを守ったみたいだ。いつも素直でいてくれたらいいのだけれど」

「妹が、申し訳ありません」

「いいんだ。……結局私は、レイチェルのふくらんだ頬を指でつつくのがたまらなく好きなんだから」

そのうちこの場所へやってくるはずのレイチェルは、どんな表情で現れるのだろうか。

照れ隠しに怒っているふりをする姿が真っ先に浮かぶ。少なくとも、一度目の世界のこの時期には見られなかった彼女であることは間違いがない。

しばらくマーカスたちと今後の方針について話し合ったあと、アルヴィンは一人で法案可決に向けて書類仕事に勤しんでいた。

(もうすぐ法案は通る。……そうしたら悪いけれどすぐにラムゼイ侯爵には退場してもらう……。あと障害となるのはウォルターズ公爵か……)

一度目の世界で、ウォルターズ公爵はラムゼイ侯爵に適当な罪をなすりつけられて没落していった。その後、再起のためになりふり構わなくなり、結果として人の恨みを買い、毒殺された。

二度目のこの世界では、このまますべてアルヴィンの狙いどおりになったとしても、まだウォルターズ公爵は立ちはだかる。

アルヴィンは、一度目とは変わってしまったこの世界で罪を犯していない人物を裁く権利を有していない。もしそんなことをしたら、アルヴィン自身が軽蔑する類いの人間と同列に堕ちてしまう。

この四年ですっかり歪んでしまった自覚があっても、お人好しなレイチェルにふさわしくありたいと願う気持ちまでは捨てていなかった。

「くっ！　胸が痛むな……」

それは時間を遡った代償なのだろう。心臓を抉るような痛みが時々アルヴィンを苛む。

ここのところ根を詰めていたせいもあり、ペンを動かし続けるのも、考えごとをするのも限界だった。

アルヴィンはよろよろとソファに横たわり、瞳を閉じた。

もう三年くらい悪夢しか見ていないというのに、どうして眠くなるのだろうか。

(大丈夫、一度目とは違う……)

まどろみの中で、アルヴィンは一度目の世界を振り返る。

王立病院の視察でも、仮面舞踏会のときも、アルヴィンはレイチェル以外の者の言葉を信じ、彼女を傷つけた。

今の自分がいくら叫ぼうが、夢の中の愚かな自分には届かない。

胸が潰れそうに痛くて息をしているかどうかもわからなかった。

この記憶が夢なのか、自分に都合のいい結末へ進もうとしている今が夢なのかすら曖昧だ。

「アルヴィン様?　大丈夫ですか?　……今、お医者様を……」

レイチェルの声がした。

支度が終わったら会いに来るように命じたのはアルヴィンだ。うっすらと目を開けると、特徴的な赤い髪が視界に入る。

目が合う前に踵を返し、彼女は部屋から去ろうとしてしまう。医者など呼んでも、アルヴィンの傷は治せないし悪夢からも解放されないというのに。

「ぐっ、……待って……」

咄嗟に手を伸ばし、アルヴィンはレイチェルの細い腕を掴んで、力一杯引き寄せた。

寝転んだままの体勢で、彼女を胸に閉じ込める。最初はジタバタと暴れていたくせに、
アルヴィンが低く呻いて苦しそうにすれば、すぐにおとなしくなる。

「悪い夢を見ていたのですか？」

不安げな瞳だった。いつもは勝ち気で意地っ張りなくせに、本当は傷つきやすく、誰かの心配ばかりをしている愛おしい人だった。

「手が冷たい……」

アルヴィンは質問には答えないまま、摑んだ手の温度を確認するように、頰にあて、それから手首にキスをした。

「にゅ……、入浴を済ませたのでそんなはずないですよ。アルヴィン様の手が温かいだけです。離していただけませんか？」

「温めないと」

悪夢から解放されるためには、彼女の存在が必要だった。コロコロと表情を変える彼女を見て、ぬくもりに触れて、生きているのだと実感できないと心が安まらない。

「アルヴィン様、だめ……！」

真っ赤な顔で力一杯逃れようとする。戸惑いはあるようだが、嫌悪感はきっとない。だ

からアルヴィンは彼女を離してやることなどできそうもなかった。

「可愛いよ、レイチェル。抱きしめさせて」

「ドレスがしわになるので嫌です。……そうだ！　どうしてこんなに都合よくドレスなんて持っていらっしゃったのですか？」

「あらゆる可能性を考えて行動しているから。……それよりも今は、温めさせて」

レイチェルの爪に一つ一つ唇を落としていく。爪が終わったら手の甲、手のひら、そして関節だ。

「……もう三年ほど悪夢しか見ていないんだ。……苦しい。そばにいて……」

「三年？　十九歳のときから……？　そんなこと一言もおっしゃっていなかったじゃないですか！　お医者様には相談されたのですか？」

心配しているときですら、彼女はなぜか怒っている。生き生きとしている姿を見ると、発作のような苦しみが和らいでいく。

「違う、二十三歳の頃からだ。荒唐無稽だと君は笑うだろうか？」

また未来のことだと語るアルヴィンに、きっとレイチェルは戸惑っているはずだ。

けれど今日は少し違っていた。大きく首を横に振ってから、アルヴィンをまっすぐに見つめてくれた。

「間者を使って調べても、私の行動に先回りできると思っていました。でも……宮廷舞踏会の日から、アルヴィン様は急に大人っぽく……遠くなった気がするんです。私はその理由をちゃんと知りたい」

「そうだね……」

「今日だけは、聞く耳を持ってあなたのところに参りました。アルヴィン様の言うとおりにするとは約束できませんが……それでも、私はあなたを信じたい」

荒唐無稽な話を、レイチェルは信じようとしてくれているのだ。

アルヴィンは信じてほしいと願う一方で、過去に起こった出来事のすべてを語るのにためらいがあった。レイチェルの真意に気づいてやれなかった愚かな自分の行動を告白するのは恐ろしい。

それでも、逃げてはだめだと思った。ずっと本音を隠し、破談にしたいと言い続けていた彼女がはじめて正面から向き合おうとしてくれている。今、レイチェルから逃げれば二度目の機会はきっと訪れない。

「わかった。……このまま抱きしめていてもいいだろうか？　毎晩夢に見ても、言葉にするのは苦しくて仕方がないんだ」

返事はなかったが、抵抗もない。

アルヴィンはそれを肯定の意味と捉えて、少し身を起こし、座った状態で彼女を抱え直す。レイチェルの手をしっかりと握り、誤解が生じた日からの四年間を彼女に語りだした。

◇　◇　◇

王立病院視察の一件や、仮面舞踏会の記事によって、二人の関係は壊れかけていた。それでもレイチェルは立場上第一王子の婚約者であったから、主立った行事には参加しなければならなかった。

一度目の世界——王太后主催の茶会の日。レイチェルが、侯爵令嬢ディアドリーを池に突き落とすという事件が発生した。

ディアドリーの証言によると、レイチェルから大事な話があると言って呼び出され、「私の婚約者に近づかないでちょうだい」と迫られたという。

周囲の者たちも、第一王子と伯爵令嬢は破談寸前であると認識していたことだろう。アルヴィンとしては個人的にディアドリーと親しくしていたつもりはなかったのだが、宰相ラムゼイ侯爵の娘が次の婚約者最有力だという噂は、確かにあった。

レイチェルはそんな話を聞きつけて、ディアドリーを責めたのだという。

ディアドリーは、冷静になってほしいとレイチェルを諭したが聞き入れられず、気がつけば池に突き落とされていたと証言した。

それだけならば不幸な事故で済んでいたかもしれない。レイチェルは池に落ちたディアドリーを救助せず、その場から逃げ去った。真冬の池に重たいドレスを着た女性が落ちたらどうなるか。助けようとしないのは殺人に近かった。

幸いにして、ディアドリーは警備の兵にすぐ池から引き上げられたのだが、立ち去るレイチェルの姿はほかの令嬢にも目撃されていて、庇いようがなかった。

アルヴィンはレイチェルの言い訳を聞きたかった。心根の優しい女性だと信じていてなにか事情があったに違いないと思いたかった。

その後も話をしようと何度か伯爵邸を訪ねたが、レイチェルはディアドリーの語った内容がすべてだと言うだけだった。

結局、この事件が決定打となりアルヴィンはレイチェルとの婚約破棄を決めた。

破談になったとはいえ、事件が起きた当時、レイチェルはまだアルヴィンの婚約者であり、池に突き落とした原因もアルヴィンへの執着が根底にあったはず。

婚約者の行動に責任を感じたアルヴィンは、ディアドリーに詫びの品を贈り、個人的な茶会の席に招いた。

それがきっかけだったのかはわからないが、次の婚約者がディアドリーに決まったという噓が、不自然な速度で広まっていく事態に当時のアルヴィンは違和感を覚えた。

別れを選んだアルヴィンだが、それでも彼の中にはレイチェルへの未練があった。

婚約破棄をしたのは、彼女の変わりように失望したからだけではない。変わってしまった原因が、未来の妃という立場への過度なプレッシャーにあると考えていたからだ。

生まれる前に押しつけられた役割から彼女を解放してあげたかった。

別れてもまだレイチェルが心に住み続けている。そんな心情だったから、アルヴィンとしては新しい婚約者を定める気にはなれなかったのに。

そうだというのに、アルヴィンの望まぬまま、段々とディアドリーとの婚約を断りにくい状況に追い込まれていった。

（これでは傀儡だ……）

見えない腕に絡め取られ身動きができないまま、必死に第一王子という肩書きにしがみつく。自分の意見を通すためには、ラムゼイ侯爵一派に従うしかない。どちらが主人でどちらが臣か、わからなくなっていった。

そんな生活がしばらく続き、再び冬を迎えた。都周辺に初雪が降った次の日に、マーカスから衝撃的な情報がもたらされた。

「レイチェルが死んだ……？　屋敷に強盗が入った……、だと」

レイチェルは静養と称して都から半日ほどの距離にある伯爵家所有の別邸で静かに暮らしているはずだった。

「はい。使用人の話では、昨日の夜遅くだったのではないかとのことです。窓が開いたままになっていて……入り込んだ雪で寒かっただろうと……」

言葉は淡々としていたが、マーカスの目に涙が浮かんでいた。

昨日は昼過ぎから都でも雪が降った。初雪だというのにうっすらと積もるほどだった。

彼女は夜遅くに、窓を開けて雪を見ていたのだろうか。そこから賊が侵入し、居合わせたレイチェルはナイフで刺されたのだという。

凶器は柄の部分にカラスの彫刻が施されたナイフだ。それが腹部に刺さったままの状態で、出窓にもたれかかり息絶えているレイチェルの姿が翌日になってから発見された。

彼女が持っていたはずの宝石がなくなっていることから、物盗りによる犯行とされた。

「……私に彼女の弔いをする権利があるんだろうか」

そのときに抱いた罪悪感は、第一王子の婚約者という重責を押しつけたことに対してだった。アルヴィンが、自分がどれだけ愚かだったかを知ったのは、マーカスが妹の遺品を整理していて日記を見つけた日からだ。


レイチェルの日記には衝撃的な内容が書かれていた。

破談を望んだのは、アルヴィンの政治的な枷になりたくなかったことと、ヘイウッド伯爵家の財政問題があったせいだった。

けれどレイチェルの意図していないところで話が大きくなり、いつの間にか悪評が広まっていく。友人だと思っていた令嬢やその家の陰謀だとわかっていても、レイチェルにはどうすることもできなかったという。

レイチェルが友人を池に突き落として逃げた事件の真相も明らかになった。

あの日、ディアドリーに呼び出されたレイチェルは、伯爵領の財政の件でディアドリーから脅されていた。

『侯爵家の力で、もう一度大口の取引先と契約できるようにしてさしあげます。あなたが分不相応な地位から降りれば皆が幸せになるの』

じつは、侯爵家とその派閥が大口の取引先に働きかけ、伯爵領産の生糸を不当に排除しようと画策していたのだ。

無関係だと思われていた生糸の件すら、すべてレイチェルを第一王子の婚約者という立場から追い落とすための策略だった。

どうにかしてアルヴィンの婚約者という立場から退こうとしても、レイチェルにはそもそも決定権がなかった。

『だったら、レイチェル様をどんな男性からも捨てられるほどの悪女にしてさしあげますわ』

そう言ってディアドリーは、自ら池に飛び込んだ――つまりは自作自演だった。

突然池に飛び込んだディアドリーを助けるため、レイチェルはなにか浮きやすいものを探しに走ったという。服を着たまま泳いだ経験のない者が池に飛び込むのは、事態を悪化させるだけだという冷静な判断だった。

にもかかわらず、レイチェルはライバルの令嬢を溺れさせ、助けもしなかった悪女にさせられてしまった。

アルヴィンもそれを鵜呑みにしたのだ。

「この日記帳……以前に私があげたものと同じだ……」

レイチェルの日記帳は、文字を覚えたばかりの時期にアルヴィンが贈ったものと同じ型だった。

古いものから順に紐解けば、アルヴィンや家族との思い出がたくさん綴られていた。

明るい彼女らしさが伝わってくる日記だったが、最後の一冊だけは苦しみで埋め尽くされていた。

レイチェルが最後に書いたのはこんな言葉だった。

『十二月十五日――今日は午後から雪が舞いはじめました。うっすら積もった雪を見ていると、小さな頃にアルヴィン様や兄様と一緒に大きな雪だるまを作ろうとして、頭が持ち上がらなかったのを思い出しました。あの頃はアルヴィン様の幸せと私の幸せが一緒だったから、苦しい気持ちがこれっぽっちもなかった。

今は少しだけ苦しいです。でも、大好きな方の幸せを望む気持ちは嘘ではありません。もし生まれ変われるのだとしたら、またアルヴィン様に会いたい。そして今度こそ、アルヴィン様の幸せと私の幸せが同じでありますように』

それからのアルヴィンは、見えない敵と戦う日々を過ごした。

レイチェルの日記などなんの証拠にもならない。だからマーカスと協力し、侯爵家や関わった貴族たちを罰するのに長い月日が必要だった。

調べれば案外簡単に日記に書かれていた内容が真実だったと証明できる痕跡がいくつも見つかった。

「闇組織だと……？」

調査をしていくうちに、レイチェルの死は強盗による偶然ではない可能性が浮上した。

レイチェルの死後、別の事件でもカラスの彫刻が施された凶器による殺害事件が何度か発生したからだ。

のちに金でどんな依頼も受ける『銀のカラス』という闇組織の存在が浮上した。彼らは、自分たちの実績をアピールする目的で、現場にわざと証拠を残すようにしていた。

「ならば、彼女を殺したのは……、私か」

破談になってもなお、アルヴィンはレイチェルを気にかけていたし、マーカスとの付き合いは続いていた。レイチェルを陥れた者は、いつかレイチェルが真実を話すのではないかと恐れたのだ。

間違いなく、アルヴィンの未練がレイチェルを死に追いやったのだ。

その事実がアルヴィンの心を大きく変えた。誠実なだけが取り柄の軟弱な第一王子はいつの間にか消え、復讐心だけを糧に生きる存在となった。

「ラムゼイ侯爵、絶対に許さない……！」

アルヴィンの動きなど知らないラムゼイ侯爵は、いつまでも元婚約者の死のショックから立ち直れずにいるアルヴィンにこんな贈り物をしてくれた。


『悪役令嬢ラシェルの罪と罰』


そんな歌劇が都で流行したのだ。

舞台をこの国とは別の架空の国にし、登場人物の名前の響きを異国風にしていたが、ラシェルのモデルがレイチェルであるのは簡単に察せられた。

物語の中の王子はラシェルを愛していなかった。ラシェルはことあるごとに王子のせいで家族を失ったと主張し、彼の婚約者の座にしがみつき贅沢三昧の日々を送る。

やがて王子は、賢く美しい令嬢と運命的な出会いを果たす。それを知ったラシェルが令嬢に嫌がらせをし——最後は孤独の中で死んでいく。

歌劇を鑑賞する者たちも、皆が誰をモデルにした物語か理解して楽しんでいる。そして嘘と誇張しかない「ラシェル」を実在した「レイチェル」と重ねて、レイチェルを悪だと罵る。貴族たちは想像力の使い方を間違えているとしか思えなかった。

「彼らの厚顔無恥はもはや病的だな……」

金を積んで作家に台本を書かせ、自分の娘が未来の妃になる物語を歌劇にする。

自分より身分の低い家の者に命令し、偽の証言をさせる。

事実のみを伝えるはずの新聞記者すら、金に屈する。

そんな者たちをアルヴィンは軽蔑した。

アルヴィンは体調を崩しがちだった国王を隠居させて、新国王となった。

即位後すぐにラムゼイ侯爵一派の罪を暴いた。それぞれ処刑、投獄、爵位返上または世代交代を余儀なくされるという大粛正だ。

レイチェルを殺した闇組織の拠点も探しだし壊滅させた。

誠実なだけが取り柄の第一王子はもういない。アルヴィンは潔癖で、罪を犯した者には容赦がないと恐れられる国王となった。

レイチェルの死から約三年――彼女を苦しめた者を罰し、国の腐った部分をすべて変えてもアルヴィンの心は空虚なままだった。

マーカスをはじめ、信頼できる者はいたが、誰も愛せなかった。

そんな頃、ハノルィン王家に伝わる〝先見の剣〟について書かれた文献をたまたま見つけた。国王にだけ受け継がれるその文献には、短剣の力は時を遡ることだと記されていた。

国難を切り抜けた昔の国王が、文献に記されている方法で人生をやり直していたとしたら――？　アルヴィンは〝先見の剣〟に強い興味を抱いた。

「そういえば、彼女を苦しめた者の一人がまだ残っていたな……」

なんの力もないのなら、もっと早くにレイチェルを解放してやればよかったのだ。

解放する気がないのなら、すべての悪意から守らなければならなかったのに、アルヴィンは彼女に向けられた悪意に気づきもしなかった。

本当に時を遡るなどとアルヴィンは思っていなかった。

天国に行けるのか、生まれ変われるのか、それとも文献に記されたとおりにやり直せるのか。どちらにしても、ここよりはレイチェルに近づける。

「私の幸せと……、レイチェルの幸せが一緒でありますように……」

二十六歳のアルヴィンは、愛する人に近づくために宝剣で自分の胸を貫いた。

第五幕　銀のカラス

あったかもしれない未来の話をレイチェルは黙って聞いていた。

アルヴィンの妄想だと一蹴できないのは、彼の目に涙が浮かんでいたせいだ。

王立病院の視察以降、あのまま誤解とすれ違いを重ねていたら、そうなったかもしれないと思わせる内容にレイチェルは戦慄する。

「……私の最後の願い……」

誰にも言っていないし、日記にもまだ書いていない。それでも、アルヴィンとすれ違うようになってから、度々胸の中に抱いていた感情を彼は当ててみせた。

「私の願いでもある」

「傷を見せてもらってもいいですか？」

決して興味本位ではない。レイチェルは自分の知らないアルヴィンを少しでも知りたくて必死だった。

「君にならかまわない……」

レイチェルは手を伸ばし、アルヴィンのクラバットを緩めた。するするとほどいてシャツのボタンをはずしていく。

あらわになったのは細身だが均整の取れた身体だ。男性らしいおうとつがある胸には痛々しい傷が残る。

レイチェルは黒ずんだその場所にそっとキスをした。

「……私、知らないはずなのに……。お別れを言われたことがないはずなのに……っ、なぜだか悲しい夢を見たんです……」

あれはもしかしたら、時を戻したことにより失われたレイチェルの記憶だったのではないだろうか。

真相はもうどうでもいい。ただアルヴィンが自ら胸に剣を突き立てる選択をするほどボロボロになったという証がここにあることが重要だった。

「ごめんなさい」

「なぜレイチェルが謝るんだ？　君はなにもしていない」

レイチェルは首を何度も横に振った。心を偽り、大きな力に抗おうとしなかったのはきっと罪だ。

「なにも相談しなくてごめんなさい……。信じてあげられなくてごめんなさい。間違ったのは……きっと、私のほう……」

瞳からは大粒の涙がこぼれた。

アルヴィンのためになると信じて別れを選ぼうとしたのは、一度目の世界でも二度目の今も、同じだ。彼がこんなにも苦しむとわかっていたら絶対にしなかった。

「苦しい……！　やり直して、今度は間違わないように正しい選択をして……いい方向に進んでいる手応えがあっても、ずっと苦しいままだ……助けてくれ……君だけなんだ」

痛みを感じるほどにきつく抱きしめられる。その腕は震えていた。

きっと、やり直しても彼の中にあるレイチェルの死も、罪の意識も消えてくれないままなのだろう。

（ああ、そうなんだ……。アルヴィン様は私が生きていることを確認したくて、それで私に触れたくて仕方がなくなるんですね……？）

十八年も、時代遅れに思えるほど婚約者としての適切な距離を保ち続けた彼が変わったのは、精神的には四年経過したからというだけではないのだろう。

レイチェルの心臓の音を聞いて、ぬくもりを感じることが、彼にとって安らぎを得られる唯一の方法なのだ。

「アルヴィン様……」

レイチェルは顔を上げて、精一杯ほほえんでみせた。それから彼の唇に自らのそれを押し当てた。少しでも彼の苦しみが和らげばいいと願って。

はしたないと思われてもかまわない。レイチェルはそっと彼の口内へ舌を差し入れた。彼にそうされたら、ふわふわとしてなにも考えられないほど心地よかった。だからアルヴィンも同じになってくれたらいいと思ったのだ。

彼はすぐに応えてくれた。音がもれるのもいとわずに、互いの弱い部分を積極的に探り合う。

「……っ、……んっ、ん」

彼の動きが激しくなると、レイチェルはただ一方的に翻弄されるだけの存在へと成り下がる。大人のキスをしているだけで、お腹のあたりから頭の先までゾクゾクとした感覚に支配される。

気持ちがいいのかどうかよくわからないのに、ずっとそれに支配されていたい気がした。

アルヴィンの手がレイチェルの背中を這い、小さなボタンに触れている。キスは続けられたまま、不器用な指先が布地を取り払い、やがて首や背中のあたりがひんやりとした空気に触れた。

彼が先へ進もうとしているのを理解しても、今のレイチェルに拒絶の意思はなかった。

それで彼の傷が少しでも癒やされるのならためらわずになんでもできる。

しばらくあらわになった背中や首筋を撫でていたアルヴィンが、急にレイチェルの肩を押す。

（もう……終わり……？）

途端にレイチェルの胸がせつなくなった。彼にしてあげたいというのは言い訳で、本当はレイチェルも彼を感じたくて仕方がないのだと自覚させられた。

どうしたらいいのかわからなくて戸惑っていると、急に身体がふわりと浮いた。

アルヴィンがレイチェルを抱き上げて、ソファから立ち上がったのだ。

彼が向かったのはベッドが置かれている続き部屋だった。

清潔なシーツの上にそっと下ろされる。アルヴィンはなにも言わず、ただレイチェルを見つめていた。しばらくするとギシリと音を立てて、彼が覆い被さってくる。

首筋に顔をうずめ、彼がそこをきつく吸い上げた。

「あ……っ、はぁ……あ」

そうされると愛された証拠が刻まれるのをもうレイチェルは知っている。明日から首まわりを覆い隠すドレスしか着られなくなってしまう。けれどだめだとは言えなかった。

アルヴィンの瞳が、レイチェルがほしいのだと――めちゃくちゃにしたいのだと語っていたからだ。

「……んっ、……あ、あぁ……アルヴィン様……好き……ん、んんっ！」

好きだと言った瞬間に、より強く肌が吸われた。ビリビリとした感覚で身体がおかしくなりそうだった。

最初から乱れていたドレスが引きずり下ろされていく。コルセットの紐がほどかれてシュミーズごと取り払われる。肌へのキスを続けながら、やがてレイチェルを覆い隠すものはドロワーズ一枚になってしまった。

「だめだよ、手で隠さないで……すべてを見せるんだ」

胸のふくらみを見られるのが恥ずかしくて、レイチェルはなかなか彼の言葉に従えずにいた。彼は見ているだけで、無理矢理腕を摑んで素肌を暴くことはしなかった。

いっそもっと強引にしてくれたら、レイチェルはこんな思いをしなくて済むのに。

アルヴィンは、レイチェルがどこまで許すつもりなのかをそうやって推し量るのだ。

「恥ずかしい……」

繫がる場所はそこではないのに、どうして胸を見せなければならないのか。そんなことすらよくわからなかった。

レイチェルはためらいながらも手をどけて、すぐにその手を彼の背中にまわした。距離が詰まれば見えなくなるはずだから。

アルヴィンは首筋や鎖骨のあたりにキスを続けた。軽く吸われるだけで肌は上気し、唇が離れたあとも余韻が残る。やがて彼の唇がまろやかな丘に触れた。

「――あっ！」

身体がビクリと跳ねる。その隙にすべり込んだ手のひらがレイチェルの双丘を包み込む。ゆっくりと揉みしだかれると、あまりのこそばゆさに身もだえた。

「あ、アルヴィン……様……、これ……なに……？　あ、あぁっ！」

アルヴィンが急に胸の頂をパクリと食べた。唇にキスをされたときとも、秘めたる場所に触れられたときとも違う甘い疼きがレイチェルの全身を貫いた。

舌先でチロチロと刺激を与えられると、頂は硬く立ち上がり、ジンと痺れた。チュ、と音を立てて離れると、もう一度してほしくてたまらなくなった。

アルヴィンはまだ触れていなかったほうの頂にもキスをしてくれた。交互に口に含み、ねっとりと舐め上げられると、嬌声が抑えられない。

「あ……、あぁっ、ん、ん！」

胸を触られているだけで息も絶え絶えになり、何度も身を震わせた。どこもかしこも心地よいのに、なにか足りない気もしていた。

段々と快楽を得ることに抵抗がなくなり、彼の背中にまわした腕に力を込めて、もっともっととねだってしまう。

「気持ちいい……？」

アルヴィンがわずかに顔を上げて問いかけた。

レイチェルはコクン、コクン、と何度も頷いてそれに答える。

すると彼はもう一度胸のあたりに顔をうずめて、レイチェルへの奉仕を再開した。二つのふくらみが指の動きに合わせて歪にされ、先は貪欲に快楽を得ようと尖り、アルヴィンの唾液のせいで濡れていた。

レイチェルは自分でも信じられないくらい淫らな身体になっていくのを自覚した。

けれどそれがアルヴィンのせいならば、なにも怖くなかった。

「んっ、んんっ！　はぁっ、あっ、……アルヴィン、様。アルヴィン様……」

心地よいのに、レイチェルはこれが限界ではないこともう知っていた。そのせいで、お腹のあたりがせつなくなって仕方がない。

アルヴィンがどうにかしてくれるとわかっているのに、口にするのははばかられた。

だから何度も彼の名前を呼んで、続きを求めてしまう。

アルヴィンがドロワーズの紐をするりと解く。そのまま手をすべり込ませた。へそのあたりを撫でられて、やがてうっすらとした茂みの奥へ指が伝う。

「あ、あぁっ！」

敏感な花芽の上を通り、指が蜜口にぷつりと突き立てられた。

「こんなにして。……わかる？」

温かく、ぬるりとした感触を伴って、彼の指がレイチェルの中に押し入ってくる。触れられる前からその場所は濡れていて、こぼれた蜜が内股を汚していた。

「ま……まっ、て。……あぁ、あっ！　あぁっ」

なにをされてもかまわないと思っていたのに、急にすべてが恐ろしくなる。するとアルヴィンの動作が荒々しくなり、ドロワーズが一気に引きずり下ろされた。

レイチェルは身をよじって横向きに臥せ、恥ずかしい場所が彼に見られないように縮こまる。

「嫌？」

「嫌じゃ……ないです。……アルヴィン様が望むなら、なんでも……でも、恥ずかしくて」

時刻は太陽が傾きかけた夕方だ。けれど西日が差し込む間取りだから、室内は十分に明るい。生まれたままの姿を、シャツを乱しただけのアルヴィンに見下ろされているのが耐えられなかった。

「なら、こうしていようか？」

アルヴィンはシャツを脱ぎ捨ててから寝そべり、レイチェルを背中から抱きしめた。そのまま前にまわされた手が、レイチェルの蜜が溢れ出てくる場所にもう一度触れた。

「うぅっ、うっ」

「指なら大丈夫だ。……このあいだみたいに気持ちよくなれるはずだから、少しだけ我慢して」

アルヴィンはもう一方の手をシーツの合間からすべり込ませて胸への愛撫をはじめた。乱れた髪や耳たぶにキスされて、そちらに気を取られているうちに、ズブリと指が奥まで入り込む。

「あ！　あぁぁっ、……んっ！」

十分に潤っていたその場所は、男性の指を受け入れても痛まない。多少の圧迫感も何度か抜き差しされるうちに慣れていく。

けれど繊細な内壁を擦られる未知の刺激には耐えられそうになかった。ヒクヒクと膣が痙攣して、そのたびに受け入れている指の太さや形を無理矢理教え込まされた。

「指一本でもきつい、な……。大丈夫だから力を抜いて？　……これでは繋がれない」

「だって……こんな、の……あぁっ、あぁっ！　ん――っ！」

それまで胸をまさぐっていた手が移動して、花びらの上にある真珠の豆粒を擦りはじめる。先日教え込まれたばかりのわかりやすい快楽を、レイチェルはすぐに思い出していった。

ぷっくりと充血した花芽が剝き出しにされると、ただ触れられているだけでも耐えきれず、指が通り過ぎるたびに身体が震えた。

どこかに飛んでいきそうな不安感からシーツをたぐり寄せ、ギュッと掴んだ。それでも落ち着かず、身をこわばらせる。

「はっ、はぁっ……ふっ、前みたい、に……。あぁっ！」

「もう達しそうなのか？」

レイチェルの身体はありえないほど敏感になっていて、耳元でアルヴィンの声が響くと、それだけで涙が溢れてくる。

「うぅ、……ごめんなさ……い。我慢でき、ない……」

「咎めているわけじゃない。……レイチェル、聞いて？　心地よさが限界を迎えそうになったら、必ず〝達く〟って言うんだ。〝達きそう〟……って。愛する人と交わるときの作法だから」

言うやいなや、アルヴィンが愛撫の手を速めていった。レイチェルにはもう返事をする余裕も残されていない。

「あぁ、アルヴィン、さ……ま。達きそ……達く、達くの……！」

「いいよ、もっと淫らになっていい」

教えられた言葉は呪文のようで、口にすることでより強い快楽を得て、飛びそうになっているのを自覚させられた。身体が先か言葉が先か、どちらかわからないまま急激に頂へと昇っていく。

「ん、あぁ……、ああぁぁ！」

気がつけば、もうどうあがいても戻ってこられない場所に達していた。

自分の身体が自分のものではなくなっていく。身も心もドロドロに溶けてすべてがアルヴィンのものになった気がした。

レイチェルは激流となって押し寄せる快楽の渦に巻き込まれ、壊れる寸前だった。

「あぁっ、アルヴィン様……！　気持ちいい……弾けて、私っ」

「うん……、上手だ」

ビクン、ビクン、と身体を震わせてやり過ごそうとしても、次から次へと波が押し寄せる。息が苦しく、ひっきりなしに涙が溢れた。

「はぁっ、……はぁ、はぁ……」

何度か意識してゆっくりとした呼吸を繰り返すと、ようやく心が落ち着きはじめる。途端に身体に力が入らなくなってしまった。

「まだ、終わらないんだ」

アルヴィンが急に身を起こし、惚けているレイチェルを仰向けにし、覆い被さってきた。

キスをして、レイチェルの言葉を封じ、また花園の中央に指を突き立てた。

今度は二本――はしたないほど潤いほどけている場所であっても、ピリッとした圧迫感を伴った。

「ん、……んんっ」

痛い、嫌だ――レイチェルにそう言わせないようにするためのキスだろうか。段々とアルヴィンの余裕が失われていく。いつもはどこまでも優しい人のはずなのに、レイチェルを求めて急いているのだ。

（私、壊れちゃう……。壊されてもいい……もう、壊して……！）

レイチェルは彼をしっかりと抱き寄せて、荒々しい愛撫を受け入れていった。敏感すぎる内壁をまさぐられる動きには慣れず、それでも身体の奥のほうが熱くて、ひっきりなしに蜜がこぼれ、内股やシーツに飛び散った。

アルヴィンがキスをやめて、トラウザーズをくつろげる。猛々しい男根ははち切れそうなほど硬くなり、上を向いていた。

「……アルヴィン様、の……」

アルヴィンの整った容姿と均整の取れた身体にはおよそ似つかわしくない凶悪な代物だった。

「怖い？」

「こ、怖くなんて……ないです」

彼の男根が怖いのではない。指を受け入れるだけで限界だった隘路に突き立てられるのが恐ろしいのだ。

「こんなときまで意地を張らなくてもいいのに」

小さく笑ってから、アルヴィンはレイチェルの膝の裏に手を添えた。強い力で脚が左右に押し広げられる。

赤みがかった恥毛も、脚の付け根にある花園も、そこから滴り落ちる蜜も、すべてが彼の前に晒されてしまう。

レイチェルは必死になって脚を閉じようと試みる。けれど、アルヴィンは身を進め、彼女の動きを妨げた。

「脚は開いていないと痛いという。……いい子だから力を抜いていて」

濡れそぼつ秘部に猛々しい竿が押し当てられた。アルヴィンはレイチェルの腰骨のあたりを掴んで絶対に逃れられないようにしながら、中に入ってくる。

「あ……あぁっ！　うぅっ、……痛ぃ――ん！」

拒絶の言葉が飛び出してしまう前に、レイチェルは自らの手で口元を覆った。

今だけは、アルヴィンの望みをすべて叶えてあげたかった。だから彼の行為を否定し、拒絶する言葉の一切を呑み込む必要があったのだ。

「んっ、ん――っ！」

ミチミチと狭い場所が押し広げられていく感覚は、苦痛だった。けれどアルヴィンが喜んでくれるのならば、それがレイチェルの幸せだ。

時間をかけて、レイチェルはアルヴィンのすべてを受け入れていった。

「――ん、私……アルヴィン様と……」

「そうだ。もう心も身体も、……夫婦になったんだ……」

破瓜の痛みよりも、好きな人と結ばれた喜びが勝る。

まだ書類上は夫婦でもなんでもない。けれどそれは些細なことに思えた。

アルヴィンはせつなく何度も息を吐きながら、ゆっくりとした抽送をはじめた。ふくらんだ男の先端が柔い膣を蹂躙していく。

どんなにゆっくり進めても、そこがジンジンと痛んでしまう。

「アルヴィン様……、気持ちがいいの……。もっと、もっと……」

それは完全な強がりで、言葉にすれば本当になる気がしたから言ったのだ。

「また、強がり……、意地っ張り。大好きだよ、レイチェル」

アルヴィンはレイチェルの髪に一度キスをしてから、腰の動きを速めた。何度も何度も抜き差しされているうちに、痛みを感じる部分が麻痺してくる。

すると膣に収まっているものの形と熱をより鮮明に感じ取った。ズン、と奥を突かれると苦しくて、息ができない。

それなのに引かれると空虚になって、またお腹の中をいっぱいにしてほしくてたまらない。

「あぁっ、激しい……アルヴィン様！　もっと、ください……、ふ、あぁっ」

「奥は好き？　……突くとすごく締めつけて……あぁっ、とろけそうになる」

わる。

「好き、好きなの……だから……」

穿たれるたびに、わずかな快楽の芽がほころぶのをレイチェルは感じていた。花芽で得られるようなわかりやすいものではない。それでも、少しずつ苦しみが心地よさに置き換わる。

「……んっ、あぁっ！」

「声が甘くて……たまらない。もっと聞かせて」

「アルヴィン様……、気持ちいい……本当に、ここが……お腹の奥が……」

認めるとよりはっきりとした快楽を得られた。レイチェルは無意識に背中を反らし、剛直の先端を、感じる場所へと導いた。

目を閉じると、瞼の裏側がチカチカとしてまぶしかった。

やがてアルヴィンが荒い呼吸を繰り返しながら、ありえないくらいの速さで腰を動かしはじめた。

「あ、あぁ、あっ、あ……っ！　い……達きそ……う、あっ！　私……」

「あぁ、……君のここ、ギュウギュウに締めつけて、善いんだね……私も、限界……はぁっ、はぁ……」

アルヴィンの額から汗が滴り落ちる。結合部からは淫靡な音が奏でられ、ベッドが軋む音と合わさりやたらと騒がしい。

アルヴィンが顔を寄せて、レイチェルにキスをした。腰だけが別もののように蠢いて止まらないのに、キスはとびきり優しかった。

「ん、ん――、んんっ！」

数回激しく穿たれた瞬間、レイチェルの限界が訪れた。花芽で達くよりも突然で、なんの対策もできない。レイチェルはビクビクと大げさにその身を痙攣させながら、背中を反らして快楽の波を受け入れていった。

ほぼ同時に、アルヴィンの動きもピタリと止まる。ドクン、ドクン、と脈打って彼の男根から熱いほとばしりが放たれたのがわかった。

「レイチェル」

繋がりはそのままで、アルヴィンは強くレイチェルを抱きしめた。

たくさんキスをして、また昂りはじめたら腰を動かして、二人で何度も昇り詰める。レイチェルは自分がいつ眠ったのかも自覚できなかった。

◇◇◇

倦怠感を伴い目を覚ます。けれど、ただ身体がだるいだけではない。隣にはアルヴィンが眠っていて、レイチェルにぬくもりを分け与えてくれていた。痛々しい傷のある胸にそ

っと身を寄せると、多幸感で満たされる。

結ばれた幸せを嚙みしめていられたのはほんの一瞬だった。

「……はっ！」

（ど、ど、どうしよう？　私。婚前交渉……を……してしまったわ……）

一線を越えてしまったことが間違いだったとは思わない。けれども、後悔はしているというのが正直な気持ちだった。ただし、昨日アルヴィンの願いを受け入れないほうがより強く悔やんだであろうこともわかっている。

アルヴィンが弱い部分を隠さないのがいけないのだ。好きな人がつらそうにしていて、自分がどうにかできるなら、なんでもしてあげたくなるに決まっていた。

（心は二十六歳って言っていたくせに！）

精神的に八歳も違うのならアルヴィンがこらえるべきだ。

しかも、ヘイウッド伯爵家の両親が大激怒する姿が簡単に想像できるのに対し、アルヴィンの父親――体調を崩しがちな国王がアルヴィンを叱責するとは思えなかった。仮に怒られたとしても、彼が反省するとも思えない。

咎められるのはレイチェルだけという予想が簡単にできてしまう。それは、あまりにも理不尽だった。

レイチェルは寝そべったまま眠っているアルヴィンの頰に手を伸ばし、ギュッと引っ張った。容赦なく力を込めたため、アルヴィンがビクリと身を震わせ、ゆっくりと目を開いた。

「……おはよう、レイチェル。なぜ朝から怒っているんだろうか？」

彼の手が伸びてきて、赤い髪を撫でる。

「アルヴィン様のせいで、私はこれから、家族に怒られるんです。それはもう、厳しく！……せめて日が沈む前に、あ、あれを……やめてくだされればよかったのに。……あんなにするものではないですよね？　普通は」

思い出しただけでも顔から火が出る勢いだ。

アルヴィンは昨日、一度精を放っても繋がりを解かずにキスを続けた。そして二人の呼吸が整うのを待ってから、またゆるゆると腰を動かして何度もレイチェルの身体を求めたのだ。最低限の知識しか持っていないレイチェルには、昨日のような交わりが普通かどうかがわからなくて、されるがまま受け入れてしまった。心も身体もドロドロに溶かされて、いつ行為が終わったのかもわからないまま朝を迎えた。

冷静になると、あんな行為を毎晩続けていたら王族としての日々の職務に差し障る。一般的な恋人や夫婦は長時間の交わりなどしないと予想できたのに。

「そういうものは愛情に比例するんだ……あきらめなさい」

悪びれる様子は一切なく、むしろ誇らしげだった。

「身体が動かないんです！　本当に困ります……。帰るのが遅ければ遅いほど事態が悪化するじゃないですか。全部、アルヴィン様のせい！」

レイチェルはもう涙目だ。

「君の家には説明してあるから心配はいらない」

「え？　ま、ま……まさかっ！　言ってしまったんですか？」

ほぼ言い訳できないとわかっているが、レイチェルとしてはこれからもっともらしい理由を考えて、家族にこの一件がバレないようにしたかったのだ。

ささやかな悪あがきすらさせてもらえない状況に、レイチェルは絶望した。

「いいや、違う。君が池に落ちた令嬢を助けるために濡れたドレスのまま冬の屋外にいたせいで風邪を引いてしまったから、こちらで看病すると言ってある」

レイチェルは胸を撫で下ろす。その理由ならば外泊も許されるだろう。

のそのそと起き上がろうとすると、急にふくらはぎあたりがピキッと引きつった。昨晩何度も身体を痙攣させて、疲労が溜まってしまったのだ。

「身体がとても痛くて……それに……」

「それに？」

「……服がほしいです」

アルヴィンは上半身のみ素肌を晒しているだけだからまだいいが、レイチェルは全裸だ。

眠る前にそのあたりに散らばっていたはずのドレスや下着は、どこにも見つからなかった。レイチェルは羽布団をたぐり寄せながら半身を起こすので精一杯で、到底自分で服を探しにいける状況ではなかった。

「待っていて」

そう言って彼はベッドから離れ、部屋の隅へと移動した。

クローゼットをゴソゴソと探っている。チラリと見えるのは、淡いピンクやイエローのドレスやら、小物やら、よくわからない仮面やら、明らかにアルヴィンのものとは思えない代物ばかりだ。

レイチェルは、アルヴィンが女遊びをしていて、部屋に招き入れた女性のためにありとあらゆるものを用意しているという可能性を考えてみた。

(……ほかの女性用だと疑ったら、アルヴィン様にお仕置きされてしまいそう)

可能性を考えてしまったことすら絶対に悟られてはならないとレイチェルはさすがに学んだ。あれはすべてレイチェルのためだけに用意されたものだ。

「アルヴィン様……」

あきれて、どこを突っ込めばいいのかすらわからなくなってきた。

「いざというときのためのドレスや靴を揃えているから、ほしいものがあったらとりあえずこのクローゼットを開けてみるといい。……だが、左の引き出しには触れないでくれ」

「そんなこと言われたら、なにがあるか気になるんですが！」

「解毒剤……とか、危険物だ。秘密にしているわけじゃないけれど取り扱いには注意が必要だから触れないで」

「毒が……？」

そのクローゼットの中は、一度目の世界での経験を踏まえて、必要になりそうなものが集められているのだとレイチェルは察した。

解毒剤があるということは、一度目の世界で誰かが毒殺されたのだろうか。

「大丈夫、私やレイチェルの事件とは直接関係ない話で、こちらのほうも今回は原因の芽が摘まれているから。……単に私が心配性になってしまったというだけのこと」

レイチェルの不安が伝わったのか、アルヴィンはクローゼットの中を漁りながら今の世界では同じことが起こらないと説明してくれる。それから着替えを抱えてベッドのほうへ戻ってきた。

「これを。どうせ病人という設定なのだから。……実際、動けないみたいだし」

「ありがとうございます」

手渡されたのはナイトウェアとガウンだった。

レイチェルは白いナイトウェアを広げてみた。おそらくサイズはぴったりで、レイチェルの好むデザインだ。しかも立ち襟で大量のキスマークを隠してくれる。冬の時期にふさわしいウール素材のガウンは落ち着いた薔薇の模様――これらすべて、〝もしものために〟用意されたものなのだろう。

ただ、このナイトウェアに限って言えば、今までと〝もしも〟の種類が違う気がしていた。

「なにか不満？」

「いいえ！」

レイチェルは何度も首を横に振ってごまかした。

仮面舞踏会の日に贈られた毛皮のケープは、アルヴィンの好みではないドレスの印象を変える役割、昨日のドレスは池に落ちる可能性を考えて用意されたのだと予想できる。

それぞれ一度目の世界での失敗を踏まえてのものだ。

（でも、これは……違うのではないかしら？）

同じ〝もしものため〟のものだとしても、ナイトウェアだけは過去とは一切関係ないはずだ。なにせ宮廷舞踏会の日にはじめてキスをするまで、二人の関係はありえないほど清いものだった。そしてアルヴィンの話によれば、一度目の世界の二人はそのまま心が離れて距離を置いたそうだから。

（アルヴィン様は私と結ばれたくて……期待してこんなものまで……？）

用意周到なうえに愛が重すぎるアルヴィンに戸惑う気持ちが四割、好きな人に求められて嬉しいと思う素直な気持ちが六割。レイチェルも段々と彼に毒されていた。

「せっかくだから、私が着せてあげよう。……ほら手をどけて？」

一旦渡したナイトウェアを奪い返し、アルヴィンは甲斐甲斐しくレイチェルの世話をしようとする。

レイチェルは今、裸なのだ。羽布団を握りしめている手を離したら、アルヴィンに素肌を見られてしまう。自分で確認できる胸元だけでも複数の痣が浮かんでいる。それを彼に指摘されたらたまらなく恥ずかしい。

「子供ではありませんわ！　自分でできます」

片手で羽布団を押さえたまま、もう片方の手を伸ばしてアルヴィンから着替えを奪おうと試みる。けれどアルヴィンがひょいっと距離を取り、レイチェルの手が白い布に届くことはなかった。

「子供だと思っていたらあんなことしないから。いつまでも刺激的な姿でいると……」

また、昨日の続きがはじまるかもしれない——そんな脅しにレイチェルは屈した。真っ赤になりながら手をどけて、ナイトウェアをパサリとかぶる。

肌がどんなふうになっているか、指摘されたらレイチェルはきっと泣いてしまうだろう。

幸いにして彼はなにも言わずにいてくれた。

けれどうっとりとした視線に気づき、無言だからと言って無害とは限らないのだと思い知らされた。

着替えが済むと、アルヴィンは脚が生まれたての子鹿のように震えてまともに歩けないレイチェルを抱き上げて、続き部屋に連れていってくれた。

すぐに温かな紅茶と朝食が用意される。

「朝食が終わったら、私は執務に行かねばならない。君は病人だからのんびり過ごしていればいい」

「わかりました」

彼の私室で過ごすのは、ほめられた行為ではないのだが、今のレイチェルは長距離の移動ができる体調ではなかった。

食事が終わり、アルヴィンが席を立つ。

せめて見送りをするべきと考えてレイチェルも続こうとするが、その前に彼が近づいてきてその場で片膝をついた。

彼は膝の上に置かれていたレイチェルの手を包み込む。

真剣な表情に、レイチェルは息を呑む。紫を帯びた不思議な色の瞳から目が離せなかった。

「……もうまもなく、税に関する法案が通る。そうしたらラムゼイ侯爵には退場してもらうつもりだ。それですべての問題が解決するわけではないけれど、婚姻による結びつきが政治のすべてではないという証明になるだろう。むしろ、枷になる場合もある」

枷になるというのは、一度目の世界でレイチェルとの婚約を破棄したあとのアルヴィンがラムゼイ侯爵の傀儡になりかけたことを指している。

「ご無理はなさらないでください」

レイチェルはきっと周囲の人間からの悪意に晒されて、精神的に追い詰められていたのだ。自分がこのままアルヴィンと結婚してしまったら、彼はさらに政治的な力を失い、いずれ第二王子キースに地位を奪われる。最悪の場合、仲のいい兄弟が骨肉の争いを繰り広げることになる——そんなふうに思い込まされていた。

実際にはそうなるとは限らない。昨日も、アルヴィンとレイチェルの仲が良好であると知るやいなや、レイチェルと親しくなるために近づいてくる婦人がいたではないか。

進むべき道は、アルヴィンによってはっきりと示されている。

レイチェルがすべきは、二人の関係が揺るぎないものであり、邪魔をするよりも応援したほうが利益が大きいと多くの貴族に思わせることだ。

「レイチェル。結婚しよう」

昨日からそのつもりでいるというのに、改めてまっすぐすぎる言葉を聞いたレイチェルは動揺してしまう。

「こ、こ……婚約者ですから、なにもしなければそうなるでしょうね」

アルヴィンは目を丸くし、次いで大きなため息をついた。

「君は、どうして重要なときにそうやって……！」

レイチェルは素直に彼への愛情を伝えられていたはずだ。それなのに、たった一日で、言った直後に猛省したくなるような言葉しか出てこなくなるのはなぜなのか。

「だって……」

二人は婚約者同士だから、改めての求婚など必要ない。だから、気恥ずかしくなって、屈折した言葉しか出てこなくなってしまったのだ。

「レイチェルを素直にする魔法を私は知っているのだが？」

昨日、レイチェルはアルヴィンに対して今までになく素直だった。小さな頃からずっと好きだったのに、それを言葉にできたのはもしかしたらはじめてだったかもしれない。

「無理！　今日はもう無理です……。本当に、歩けないくらい身体がつらいの……」

彼がなにをするつもりなのかを想像して、レイチェルはかぶりを振る。

「勘違いしていないか？　快楽に負けてドロドロに溶けると妙に素直になるだなんて、私は言っていない……。君が素直になるのは、私の弱い部分を見たときだろう？」

アルヴィンがニヤリと口の端をつり上げた。つい先日までの彼はこういう表情をしない人だった。

意地悪な言い方だ。けれど変わってしまった彼を嫌いにはなれそうもなかった。彼に愛されているというのを以前よりも強く感じるようになったからだ。ただ、レイチェルは彼が優しいだけの人ではなくなっていった過程に立ち会えなかったのを残念だと思っていた。

そして、そうなるに至った経緯を考えるとつらかった。

「もうっ！　妃にするというのなら、優しくしてくださらないと嫌いになりますよ」

それが今のレイチェルが言える精一杯の答えだった。

「そうだね。……レイチェル、婚儀は来年の十二月十五日にしよう」

「それって……？」

「午後から雪が降る。……きっと綺麗だから」

レイチェルは静かに頷いた。

その日から、妃としてのレイチェルの新しい人生がはじまることを信じて。そしてアルヴィンを苛む罪の意識が、少しずつでいいから過去になってくれることを祈って。

◇　◇　◇

それから三日後。アルヴィンが推し進めていた政策に関する法案が議会で可決された。

さらに半月ほど経ち年始の祝賀行事が終わった直後、ラムゼイ侯爵や侯爵家に近い貴族の何人かが捕らえられた。

ラムゼイ侯爵の罪は、第一王子の婚約者であるレイチェルをその座から引きずり下ろすために、新聞社を使い、虚偽の記事を書かせたこと。さらにヘイウッド伯爵家を潰すために生糸の卸価格を不当に操ったことなどだ。

まだ裁判は開かれていないが、爵位剝奪のうえに禁固刑となるのが確実だった。

池に落ちたモーリーンの家である子爵家も生糸に関する不正に関わっていたが、ラムゼイ侯爵家に逆らえる立場ではなかったことや、自ら罪を認めてラムゼイ侯爵捕縛に協力したことから、減刑される見込みだった。

こちらは直接不正に関わった現子爵が隠居することで、家の存続が許されるだろう。

ほかにも一連の陰謀に関わったいくつかの家が処分された。

宮廷舞踏会で王者の紫《ロイヤルパープル》のドレスをあえてまとった侯爵令嬢ルシンダ・マコーレや、レイチェルの仮病を捏造した令嬢たちの家も、ラムゼイ侯爵に協力していたことがわかった。

けれど明確な罪を犯してはいない。わざとドレスの色をかぶらせて騒いだだけのルシンダはもちろん、体調不良の者の家に見舞いに行き「彼女は元気で、一緒にお茶を飲んで楽しく過ごした」と証言しただけの者を罪には問えない。

ただし、ラムゼイ侯爵家の陰謀に片脚を突っ込んでいたのは事実だから、社交界で彼女たちとその家は苦しい立場に立たされるだろう。

彼女たちは、くだらない嫌がらせをして第一王子とその婚約者の仲を引き裂こうとした性格の悪い令嬢――そんなレッテルを貼られてしまった。

　アルヴィンは、一連の事件に関わったが、罪には問われなかった者たちへの今後の接し方についてこんな考えを述べた。

「私はね、令嬢たち……というよりその父君とは上手く付き合っていきたいと考えているんだ」

　豪華なシャンデリアを背後に吊してもこんなに輝かないというくらい、キラキラした笑顔だった。今後、自分の駒としてよく働いてほしいというふうにしか聞こえなかった。

「そ、そうですね……。私もこれ以上社交界を騒がせたくはありません。アルヴィン様のお考えに従います」

　以前のような友人関係には戻れないかもしれないが、今後、アルヴィンを支持する者として扱うというのがきっと正しい。

　レイチェルの答えに、アルヴィンも満足げだ。

「これで一連の陰謀については、潰せたと考えていいはずだ」

　アルヴィンのつぶやきにレイチェルは頷いた。

　今日はもう一度、王立病院への視察へ向かう日だった。レイチェルは今度こそ同行し、第一王子を支える婚約者の役割を果たすつもりだった。

「今回はウォルターズ公爵も同行されるのでしたね？」

「ああ、また対立することもあるだろうが……協力すべき部分は協力願いたいものだな」

再訪問の主な目的は、今まで法案そのものに反対していた高位貴族たちへの説明と協力依頼だった。

一つの法案が通っても、それで終わりではない。上がる見込みの税収の分配比率、誰が実務を担うのかなど具体的な政策はこれから決まっていくのだ。

法案そのものに反対だった者たちとも、今後は妥協点を探り合いながら協力していく必要がある。

レイチェルはアルヴィンと一緒に馬車に乗り、王立病院へ向かった。

「今日の護衛は兄様の小隊ではないんですね？」

アルヴィンには常に近衛兵が護衛につく。マーカス率いる小隊を含め、いくつかの隊が交代で担当しているのだ。

「そうだね。……もしかしてさびしい？　なんだかんだ言って、レイチェルとマーカスは仲がいいからな」

「そんなことありませんわ！　ただ、兄様だと気楽なだけです」

二人が乗った馬車の周囲を、騎乗した近衛兵が固めている。その役割が兄のときは飾らずにいられるのだが、別の隊が担当するのなら移動中や休憩中も理想的な第一王子の婚約者を演じなければならない。

一日中気を張っていると疲れてしまうのだ。

「そう？　私としてはマーカスが護衛だと、君と過度な触れ合いができないから困る」

そう言って、アルヴィンはおもむろにレイチェルの手を握り、手の甲にキスをした。

ヘイウッド伯爵家の者の目のある場所では、こんなことはできないと言いたいのだろう。

「私の家族が困惑するような行動は、ほかの者の前でも慎んでいただけないでしょうか？

……その……、人前では恥ずかしいから……」

もう破談を望む気持ちはなくなっているのに、つい冷たい言葉が飛び出した。だからレイチェルは嫌がっているのではなく恥ずかしいだけだという主張を、ごにょごにょと付け加えた。

「ただ恥ずかしがっているだけだと認められるようになったのは成長だ」

アルヴィンはレイチェルの願いを聞き届け、手の甲へのキスをやめてくれた——と、思ったら今度は赤い巻き髪を弄びはじめる。

ふと窓の外を確認すると、騎乗した近衛兵とわずかに目が合った。いかにも「私はなにも見ておりません」という態度を貫こうとしているのが気まずすぎる。

「触らないでくださ……っ！」

最後まで言えなかったのは、アルヴィンの指先が耳たぶをそろりと撫でたからだ。

「レイチェル、ほかの男を見てはだめだろう？」

視線を逸らしたら、事態が悪化するのはすぐにわかった。

小さな頃、彼と一緒に過ごすと癒やされていたはずなのに、一切の自重をしなくなったアルヴィンとの時間は、二人きりでも他者の目があっても、とにかく心臓に悪いのだとレイチェルは強く思い知らされた。

やがて、二人を乗せた馬車が王立病院へとたどり着く。

ステップを降りると、病院のエントランス付近には別の馬車でここまでやってきたウォルターズ公爵や幾人かの貴族が二人の到着を待ち構えていた。

「第一王子殿下。……本日は大切な視察への同行をご提案くださり、感謝申し上げます」

「こちらこそ、忙しい中ありがとう」

アルヴィンが手を差し出すと、ウォルターズ公爵が応じ、握手を交わす。はじまりは友好的だった。

王立病院では病人の治療をしている現場よりも、施設の裏側を中心に視察が行われた。

病院長が先導し、アルヴィンと公爵が並んで歩く。レイチェルはそのすぐあとを追い、さらに随行者が続くという一団だ。

(アルヴィン様……本当にすごいわ)

アルヴィンは、自らの言葉で医療や教育にまわす税を増やすメリットを語る。

弱き者を助けるという理想論ではなく、これまでより多くの税を納めることになる大貴族側にも、いずれ恩恵をもたらすことなどを丁寧に説明した。

施設内を見てまわったあとは、会議室を借りて討議の時間が設けられた。

随行者には専門家として側近を務める文官もいる。アルヴィンは、公爵側から意地の悪い質問が飛んできても、文官に頼らず、ほとんど自分で対応していた。

「……私は貴殿と共闘できると思っているのだが、公爵はどうだろう?」

「もちろん、この件はすでに法案が通っておりますし、これ以上、私が政策の邪魔をすることはないでしょう……。世論が許さないものでしてな」

そう言って、ウォルターズ公爵は白い歯を見せて笑った。

政治の難しい部分まではわからないレイチェルだが、ウォルターズ公爵がアルヴィンに賛同せざるを得ない状況に追い込まれているのはわかった。

アルヴィンはしたたかで世論を操るのが上手い。民のために身を粉にして、国全体の利益となる政策を打ち出す、誠実で頼れる次期国王という印象を皆に植えつけている。

世間の評価を味方につけるという点では、罪人となったラムゼイ侯爵と似た手法を取っているのかもしれない。

決定的に違うのは、その評価が真実か否かという部分だった。

ラムゼイ侯爵は、邪魔者を不当に陥れることで結果的に自分をよく見せて、相手が頼ってくるしかなくなる状況に追い込むのが上手かった。

アルヴィンは、第一王子として地道な公務を積み重ね、正当な方法で他者からの信頼を勝ち取っている。

今までの彼は、自分の政策や功績をアピールせず、体調を崩しがちな国王の指示で動いているという立場を崩さなかった。

今のアルヴィンは一切の自重をやめたようだ。そのせいで政治の中枢における彼の立場が急激に強化されていた。

「それにしても第一王子殿下は、ここ最近見違えるほどお強くなられましたな」

「だとしたら、ヘイウッド伯爵令嬢のおかげだ。……彼女の苦労と、それでも私を一番に考えて理不尽に屈せず毅然としている姿に感化されたんだろう」

アルヴィンの表情が和らぐ。急に名前を挙げられたレイチェルは、驚いて、彼の言葉を否定したくなった。

けれど、これは大切な公務であるため、なんとか思いとどまる。

毅然としているように見えるのは容姿がきついだけだろうし、権力には積極的に屈してしまうのがレイチェルの真実だ。彼の言葉の中で唯一認められるのは、常にアルヴィンのことを一番に考えていたという部分だけだった。

「そんなふうに思っていてくださったのですね？　……私としましては、アルヴィン様をお助けするどころか、煩わせてしまったことを不甲斐なく感じておりましたので、救われた気持ちですわ」

ぎこちなくほほえみ返すと二人のあいだの空気が勝手に甘くなっていく。ウォルターズ公爵や文官が同席している場で、仲睦まじい理想的な王子とその婚約者を演じるのは、なかなかの苦痛だった。

「……国王陛下は、譲位をお考えでいらっしゃるとか？」

ウォルターズ公爵が一歩踏み込んだ質問をしてくる。

体調を崩しがちな国王が、退位して隠居したいと周囲にもらしているのはわりと知られている。少し前のアルヴィンが王位に就けば、若輩者の国王として侮られていたかもしれないが、今はもうその心配もないのだろう。

おそらく、彼を傀儡にできると考えている者は宮廷内に誰もいない。

「正式に妃を迎えたあとになるはずだ。婚儀の日取りも決まったことだし、それまでに今後の国のあり方を臣民に示したい」

アルヴィンははっきりとした答えを言わないものの、公爵の言葉を否定しなかった。

「ハノルィン王国の未来は明るいですな……。まことに喜ばしいことです」

ウォルターズ公爵は第二王子キースを後継者として推し、自身が外祖父として強い影響力を持つという未来を思い描いていたはずだ。

けれど、アルヴィンにつけいる隙がないため、あきらめたのだろうか。

もともとアルヴィンとキースが敵対しているわけではないのだから、それならば公爵としても嫌がらせを続けるよりも共闘したほうが利益を得られると考えるのは当然だ。

(なんだかすべてが順調だわ。これもアルヴィン様の努力の結果ですけれど……)

やがて視察を終え、一行は王立病院の正面エントランスへと移動する。

すでに馬車が止まっていて、病院関係者が見送りのために集まってくれていた。

アルヴィンとレイチェルは彼らに手を振りながら、馬車に乗り込もうとしたのだが──。

「……?」

見送りの者が集まる場所のあたりでなにかが光った気がした。

レイチェルはそれがなんなのかはっきりと認識していたわけではない。けれどなんとなくよくないものである可能性を無意識のうちに察して──気がつけばアルヴィンの身体を強く押していた。

「あっ！」

なぜか押したほうであるはずのレイチェルに、ドンという衝撃が走る。

「レイチェル……なにを……?」

体勢を崩したアルヴィンが、レイチェルのほうへ向き直る。最初は顔を見ていたのに、彼の視線はすぐに腹のあたりに移動した。

アルヴィンが見つめている場所が妙に熱くて、痛いのはどうしてだろうか。

彼はなぜそんなに険しい顔をしているのだろうか。

レイチェルは、その答えに行き着く前に、カクンと崩れ落ちた。押さえた腹のあたりから赤い体液が広がっていくのが見えて、ようやく事態を把握する。

地面には小型のナイフが転がっていた。柄の部分には鳥の彫刻が施されている。これは死を告げる不吉な鳥なのだろうか、とぼんやりと見つめながら考える。

「……あぁ、ごめんなさいアルヴィン様……」

自分も祖母のように王族を庇って死ぬのだろうか――。

アルヴィンがそんなことは望んでいないのは知っていた。愛する人のために自分を犠牲にしてはいけない、残された者がどれだけ苦しむか考えなければならないと彼は教えてくれたのに、レイチェルは彼の望まぬ行動をしてしまったのだ。

だから最初にアルヴィンに謝らなければと感じた。

どこからか悲鳴が上がり、「暗殺者を捕まえろ」という近衛兵の叫びが聞こえた。

「レイ、チェル……」

アルヴィンがすぐに駆け寄ってくる。まるで自分が刺されたかのような悲壮感だ。

「早く……逃げ、て……まだ、暗殺……」

レイチェルは手を伸ばして、アルヴィンを遠ざけようとした。暗殺者が捕らえられたかわからないし、敵が一人とは限らない。

この国の未来を担う大切な人物を危険に晒すことは絶対に避けねばならない。

だからレイチェルは必死になって、早く安全な場所に逃げてほしいと訴える。

アルヴィンはレイチェルのそばから離れようとせず、勝手に止血をはじめてしまう。

幸いにしてここは病院だ。レイチェルはすぐに担架に乗せられ、院内へ運ばれた。

「大丈夫ですよ。死ぬほどの傷じゃない……みたいです……そんな気がします……。心配しないで、アルヴィン様……」

脇腹のあたりが痛いし、熱を持っている気がした。血液の大半はドレスに吸い取られてしまうので、どれくらいの出血があるのかわからない。

ただ、ナイフは小さく、脇腹をかすめただけだから臓器までは達していないはず。

「しゃべるな！」

けれど、なんだかおかしい気がしていた。

出血があると、息ができなくなるものなのだろうか。悪寒がするものなのだろうか。痛みは感じるのに身体が麻痺するものなのだろうか。

瀕死の状態になった経験がないレイチェルには、この状態が普通かどうかわからない。

医師の誰かが、脈を取り、下瞼を確認している。「おかしい」、「傷は浅いのに」、「毒では……？」という言葉が飛び交う。

それでようやく、この症状は外傷だけが原因ではないのだとレイチェルは察した。

「ごめんなさい……、アルヴィン様が、望まないとわかっていた……のに……。でも……どうしたらよかった……の……？」

目の前に自分の死か、アルヴィンの死か、どちらかが迫っていて選べる立場にあったなら、彼が犠牲を望んでいないとわかっていても、きっとレイチェルは同じ選択をしてしまう。

アルヴィンほど大人ではないし、短慮だから身体が勝手に動いてしまう。

なにが正解なのか、彼ならばわかるのだろうか。

「……レイチェル、今は休むんだ……お願いだから」

アルヴィンが震える手をギュッと握ってくれた。妙に熱く感じるのは、レイチェルの身体が冷えているせいかもしれない。

大きな手に包み込まれると安心できる。けれど、この瞬間も彼を傷つけてしまっているのだということも同時に思い知らされた。

「どうしたら、アルヴィン様を悲しませないで……いられるの……？　私、あなたの幸せを……」

唇を震わせて、瞳から涙をこぼすアルヴィンの姿がぼんやりと見えた。けれど、段々と視界が狭く、暗くなっていった。

（どうしたら、アルヴィン様を……）

意識を失う寸前まで、レイチェルはアルヴィンの幸せを願い続けた。

幕間　第一王子の涙

「レイチェル、大丈夫だ。救ってみせるから……」

　意識を失ったまま、荒い呼吸を繰り返すレイチェルの手をしっかりと握り、アルヴィンは彼女を助ける手段を模索していた。

　もう一度目とは違う道を歩み、周囲の者が取る行動も変わる。ラムゼイ侯爵を排除したらそれでレイチェルの命を脅かす者がすべていなくなるわけではないと頭ではわかっていたのに、アルヴィンは油断していたのだ。けれど今、自己嫌悪に陥って思考を停止させている暇はない。

（だが、あのナイフは……）

　落ちていたナイフは見覚えのあるものだった。一度目の世界で、レイチェルを殺した『銀のカラス』が、自分たちの犯行であることを誇示するためにわざと残していく置きみ

だ！）

（ナイフと毒か。……現実をねじ曲げてできた歪みが、レイチェルに牙を剝いているようだ！）

一度目の世界で毒殺されたのは、レイチェルではなくウォルターズ公爵だ。

彼はラムゼイ侯爵の企てで没落し、その後、人の恨みを買って殺されたという。

のちの調査で、『銀のカラス』の拠点を潰した折に、ウォルターズ公爵殺害に使われたものと同じ毒が見つかった。そこから公爵毒殺事件も『銀のカラス』の犯行だったのではないかという推測がされた。

（一度目の世界ではある意味でラムゼイ侯爵に守られる傀儡だったから、私が直接狙われることはなかったのか……）

アルヴィンを邪魔に思う者などいくらでもいる。そういう者たちがどこからか『銀のカラス』に暗殺依頼をしたのだろう。

アルヴィンは闇組織の拠点を把握している。けれど、それは一度目の世界においての知識でしかない。

二度目の今は、この時期から彼らが活動をはじめているという情報を得ていなかった。

それに、第一王子としてはこの世界でまだ罪を犯していない者を事前に捕らえる権利など持っていない。

強く冷徹になったつもりなだけで、アルヴィンは結局、あくまで法を遵守しなければならない。自らが非道な行いをしたら、レイチェルにふさわしい男ではいられないからだ。

「……院長、例の毒の可能性はあるだろうか?」

後手にまわり、そのせいでレイチェルが刺され、毒に蝕まれている。それでもアルヴィンは、なにもしてこなかったわけではない。

王族である以上、暗殺や陰謀と今後も無縁ではいられないことはわかっていた。だから、この世界においても『銀のカラス』が自分や自分の大切な者を狙うかもしれないという危機感は抱いていたのだ。

(そのために、王立病院の研究施設で解毒剤を作らせたのだから……)

レイチェルに教えたクローゼットの引き出しに入っていた解毒剤は、かつて『銀のカラス』が暗殺に用いた毒への備えとして、アルヴィンが作らせたものだ。

アルヴィンの行動の影響で依頼主や標的が変わったとしても、『銀のカラス』が多用していた暗殺手段はそのままである可能性が高かった。

「断言はいたしかねますが、症状としては当てはまるかと」

「では、早急に調べ最善を尽くしてほしい。……頼む……」

医師たちが慌ただしく動く中、アルヴィンは邪魔をしないように壁際でずっとレイチェルの様子を見守り続けた。

やはり毒はアルヴィンの予想どおりのものであると判断され、すぐに院内で研究用に保管されていた解毒剤が投与される。

けれど、暗殺に用いられる毒には即効性があり、レイチェルはかなり危険な状況だった。

(レイチェル……)

処置が終わり、ベッドに寝かされている彼女に寄り添っていると、険しい表情を浮かべたマーカスが姿を見せた。

「マーカス……。申し訳ない」

マーカスは静かに首を横に振った。

「……レイチェルが殿下を庇ったと聞きました。それに別の隊が担当していたとはいえ、俺は近衛です……」

だから、アルヴィンを責めることはできないと彼は言いたいのだろう。

以前――レイチェルの死を知らせにきたときのマーカスと今の彼が重なった。妹が第一王子の婚約者に選ばれなければこんなことにはならなかったという理不尽に憤り、それをアルヴィンにぶつけたくなる感情を必死に抑え込んでいるのだ。

「だとしても、私が事前にもっと、なにか……」

「殿下は未来が見えるわけではないとおっしゃったでしょう！　見えていたなら……許さなかった……。たかが四年先までの記憶があるというだけで、神にでもなったおつもりか⁉」

「マーカス……」

「お命じください、殿下。実行犯と黒幕を捕まえ、殿下とレイチェルの命を脅かす存在を排するために……今すぐ命令を……！」

「そうだな……。今、私がすべきはここでレイチェルを見守ることではない。……マーカス、私は宮廷に戻り犯人捕縛のために動く。一緒に来てくれ」

「御意」

アルヴィンは眠ったままのレイチェルに近づいて、こめかみのあたりに一度だけキスをした。それからすぐに動きだす。

部屋の外で待っていたヘイウッド伯爵夫妻とナタリアにレイチェルを託し、マーカスを伴って宮廷へ向かった。

知識を出し惜しみしている余裕はなかった。手段は選んでいられない。すべての可能性を潰し、まずは『銀のカラス』を捕らえ、黒幕を引きずり出すしかなかった。

アルヴィンは自ら軍を率いて、一度目の世界で犯罪組織の拠点だった場所を一斉に潰す作戦を立てた。

もちろん、時期が違うためすべての拠点が彼らのものというわけではない。ただ、予想外に早いアルヴィンの動きに敵は逃げられず、実行犯を捕まえるのは簡単だった。

「クソッ！　なぜここが？　ありえない……。どうやって……」

捕らえられた『銀のカラス』の首領は、軍の施設内に連行され、腕に枷を嵌められた状態での取り調べが行われた。

彼らの名が知れ渡るのは、本来ならばもっと先の未来だ。そしてわざわざ名を売るために置きみやげをするくらいだから、組織の拠点が簡単に露見しないよう厳重に注意していたはず。

実際一度目の世界でアルヴィンは、この組織の壊滅に随分と手こずった。首領の名や拠点となるはずの場所があらかじめわかっていなければ、こんな対応はできない。

そして自白した首領の口から黒幕の名が明かされた――視察に同行していたウォルターズ公爵だった。

（一度目の世界では、私を排除する前にラムゼイ侯爵によって排除されていた。この世界ではそのラムゼイ侯爵が表舞台から姿を消したから行動が大きく変わったのか……）

アルヴィンは、『銀のカラス』の拠点を制圧したことを伏せ、変装した軍人を組織の拠点に配置した。そして、暗殺失敗に対する苦情の訴えと追加の依頼をしにこのことやってきたウォルターズ公爵を捕らえることに成功した。

たった二日で事件の幕が下りた。

そのあいだも、レイチェルの症状は予断を許さない状態が続いた。時々朦朧としたままアルヴィンや家族の名を呼んでは、また眠りにつくという繰り返しだった。

アルヴィンはウォルターズ公爵の捕縛を終えてから院内に部屋を用意してもらい、可能な限りそこで執務を行った。

時間が空けばレイチェルに寄り添い、反応がなくても励まし、愛をささやいた。

そして事件から三日後の朝、レイチェルの隣に椅子を置き、腰をかけた状態で仮眠を取っていると、かすかになにかが触れる気配がした。

アルヴィンが視線を下に落とすと、真っ白な手がアルヴィンの手に触れていた。

「……アル……さ、ま……？」

油断すると聞き逃してしまうくらいかすかな声だ。今までと違うのはレイチェルとしっかり目が合っていることだった。

血の気を失っている彼女の手を握ったまま、毛布の中に戻す。

「おはようレイチェル」

アルヴィンは、実年齢に加え四年分の記憶を持って生きているはずだというのに、不覚にも涙がこぼれる。レイチェルはきょとんとしたあと、また手を伸ばそうとした。

「泣か、ないで……」

きっと涙を拭き取ろうとしたのだろう。

「君はいつも私のことばかり考えている」

今誰かに気遣ってもらう権利を持っているのはレイチェルのほうだというのに、彼女はいつも婚約者を優先してしまうのだ。

（……まだ足りない。もっと……強くあらねば……）

大きく変わってしまったこの世界で、アルヴィンは完璧な存在になったわけではない。

それでもレイチェルと一緒にいるために、アルヴィンはあがき続ける。

第六幕　君は幸せな妃だから今すぐツンデレをやめなさい！

レイチェルは警備上の都合と毎日宮廷医の診察を受けるための効率を考えて、宮廷内に部屋をもらい、そこで過ごしている。

いつも母かナタリアが付き添ってくれるおかげで、あまり不安にならずにいられた。

一命を取り留めたレイチェルだが、脇腹のあたりに醜い傷が残ってしまった。深い傷ではなかったのに、毒が付着したせいか皮膚が炎症を起こし、やけどの痕のようなただれになったのだ。

最初の一週間はひたすらに安静が求められた。負った傷よりも、炎症を起こした皮膚の痛みがつらく、食事をすることさえ苦痛だった。

段々と痛みが治まると、今度は失われた体力を戻すのに苦労した。

たった十日ほど動かずにいただけで、少し歩くと転倒しそうになってしまう。

アルヴィンは執務の合間にやってきて、散歩に付き合ってくれた。夜はレイチェルが眠るまでずっとそばにいて、自らも部屋の隅に運んだベッドで眠る。

レイチェルは時々、鈍い痛みで目を覚ましたり、うなされたりしている。だから、アルヴィンには別の部屋で眠るように勧めたのだが、彼は頷いてくれなかった。

献身的に寄り添ってくれるのは頼もしいが、第一王子としての執務を疎かにできないこともあり、レイチェルは彼の健康が心配だった。

(私、どうあってもアルヴィン様に負担をかけてしまう)

アルヴィンの望みは何度も聞いている。レイチェルの望みも同じはず。けれど人の思いは変わるものだし、変わっていいものだとも思っていた。

世論はレイチェルの負傷に同情的で、もう二人の結婚を阻もうとする者はいないだろう。

そういう状況になったからこそ、レイチェルはどうしたらアルヴィンを幸せにできるか冷静に考え、そして本当にこのままでいいのかと悩むようになっていた。

そして、事件から一ヶ月後——。

「今日からもう、包帯はなしなのね……」

宮廷医の診察が終わり、完治が宣言されたところでレイチェルは大きなため息をつく。

自分で傷跡を確認してからナタリアに手伝ってもらい、着替えを済ます。まだコルセットをきつく締めつけるのは無理だが、ずっとナイトウェアのままというのはおかしい。

　フリルたっぷりのブラウスに落ち着いた色合いのスカート、それからベストという装いだ。

　着替えを済ませてから鏡台の前に座ると、ナタリアがレイチェルの髪を整えてくれた。

「よかったじゃないですか！　姉様。後遺症もそんなに心配しなくていいということでしたから」

　ナタリアが励ましてくれる。

「そうなんだけど……。これを毎日直視するのはなんだか」

　服を着ていれば隠れる場所ではあるのだが、入浴や着替えのときはどうしても見えてしまう。正直、随分と醜い身体になった気がしていた。

　ただし、レイチェルが気にしているのは、鏡に映る自分の姿が以前と変わってしまったことではなかった。

「姉様……」

「一番嫌なのは、この傷をアルヴィン様に見られてしまうことよ」

「アルヴィン殿下が傷を気にされるはずはありません。姉様がよくわかっていらっしゃるのでは？」

「違うの……そうではなくて……」

ナタリアが言っている「気にする」と、レイチェルが考える「気にする」は意味が異なる。ナタリアが言いたいのは、醜い傷があることで、アルヴィンがレイチェルに女性としての魅力を感じなくなるということだろう。

レイチェルはもちろん、アルヴィンがそんな人ではないとわかっている。

そうではなく、レイチェルが懸念しているのは、脇腹の傷を見るたびに、アルヴィンが罪の意識に苛まれ続けるであろうことだった。

同時に、身を退いても幸せになれないとアルヴィンが断言しているのも決して忘れていない。

ナタリアとおしゃべりをしているうちに、マーカスが姿を見せる。

「兄様ったら！　ノックしてから入ってくださいっていつも注意しているじゃないですか……」

レイチェルは、まったく成長のない兄に憤る。

マーカスは、闇組織壊滅のために尽力し活躍した功労者だ。それだけではなく、今までずっとレイチェルのために陰ながら動いてくれていたのだ。

軍人としての彼はとても優秀だというのに、女心はこれっぽっちも理解しない。髪を梳かしている最中だったからまだ許せるが、到着があと少し早ければ着替え中だったはずだ。

「あぁ、すまん。忘れた……。まあ、妹だし」

　上っ面だけの謝罪であり、一切反省していないし改める気もなさそうなのが伝わってくる。

「マーカス兄様！　そんなこと言って、私の部屋にも入ってきたじゃないですか！」

　レイチェルよりもナタリアのほうが憤っている。姉と慕うはとこのため、というよりも自分も被害者だからだろう。

「ナタリアは別にいいだろう？　そのうち嫁になるんだから」

「え？」

　ナタリアがあんぐりと口を開けたまま固まった。

「……え？　って、どうしたのナタリア」

　そのうちに嫁になるというのだから、聞き間違いでなければ結婚の約束をしているという意味だろう。

　ナタリアからはなにも聞いていなかったレイチェルだが、端から見て、この二人がいずれそういう関係になるだろうというのはわかっていた。

　ここ最近、二人の距離が縮まっていく様子を、レイチェルはほほえましい気持ちで見守っていたのだが。

「言われてない……！　そんな話、一度も聞いてません……。わ、私……プロポーズされてないぃぃぃっ」

ナタリアの拳が震えていた。グッ、と力を込めているのがわかる。彼女はそのまま手を掲げて、マーカスめがけて振り下ろした。

「グァァッ！」

戦いの専門家のはずだが、マーカスはナタリアの拳を避けなかった。右頬にめり込んで、よろめく。

「マーカス兄様のバカバカバカッ！　救いようのないバカッ！」

ナタリアは大粒の涙をポロポロとこぼしながら、部屋を飛び出した。

「……いや、態度でわかるもんじゃないのか？　こう……なんというか、抱きしめて……おまえは俺の家族だ、と……」

頬を押さえ、ブツブツと独り言をつぶやきながら放心している。

「兄様、追いかけて！」

「お、おう」

マーカスは扉のほうへ足を向けた。

「……あ、でも、ちょっと待ってください。その前に反省して！　妹同然で一緒に暮らしている相手に家族だと言っても伝わらないと思うんです」

どんな状況で家族だと言ったのかはよくわからないが、レイチェルにとってもマーカスにとってもナタリアは妹のような存在だ。しかも一緒に暮らしているのだから、「家族」

という言葉は、使い方によってはプロポーズにはならない。

「なら、どうすれば」

「自分で考えてください。……私から言えるのは、まっすぐ、素直な想いをそのまま告げないと伝わらないということくらいです」

「……素直な想いだなどと、おまえにだけは言われたくない」

ものすごく不本意だという顔をしていた。

「いいから、わかったら早く追いかけないと」

マーカスはハッとなって扉のほうへ向き直り、早足で部屋から出ていった。

焦ったせいか、扉がわずかに開いている。レイチェルは鏡台の前の椅子から立ち上がり、きちんと閉めようとしたのだが――。

「泣きながら走って逃げるナタリア殿に会ったから、どうせマーカスがなにかしたんだろうと思っていたが当たりだったみたいだ」

ギーッという音を立てて、再び扉が開かれる。部屋に入ってきたのはアルヴィンだった。

「執務はよろしいのですか？」

「宮廷医から完治だと言われたのだろう？　おめでとうと言いたくて、やらねばならないことは急いで片づけてきた。よく頑張ったね、レイチェル」

「あ、……ありがとうございます」

彼はレイチェルのそばまでやってくるとすぐに抱きしめて、頰にキスをした。そのせいで普通に感謝を伝えようとしても羞恥心で上手く話せなくなってしまう。

宮廷舞踏会の日からアルヴィンは急に積極的になり、レイチェルが怪我をしてからはとくに甘くなった。

積極的なだけならばいつもの意地っ張りで拒絶できるのだが、レイチェルの体調に対する労りを感じると、冷たい対応ができない。

レイチェルが彼のこういう態度に慣れる日は、まだ当分先のようだ。

「よかった……。さぁ、散歩にでも行こう。傷が治っても、筋力はまだ以前と同じというわけではないのだから身体を動かさなければ。今日は少し遠くに――そうだな、東屋まで行ってみようか?」

アルヴィンはレイチェルの態度がぎこちなくてもまったく気にしないらしい。

「……はい、アルヴィン様」

レイチェルは差し出された手に自分の手をそっと重ねた。

彼はこれからもこうやって手を握り、絶対に離さないという主張をし続けるのだろうか。

暦のうえではまだ冬だが、庭園に植えられている花々は訪れるたびに成長し、華やかになっていく。

「今日は少しだけ暖かい。このままそういう日が増えていくんだろうね」

庭園を彩る花は可愛らしいマーガレットの花から、まっすぐに伸びる姿が凛としたスイセンの花に変わっている。大きな木のどこからかヒバリの鳴き声が聞こえた。

レイチェルは近くに寄って探してみたが、上手く木に同化しているようで姿が見えない。高音で少しうるさい鳴き声だけがいつまでも響いていた。

鳥の姿を追ったり、花を愛でたりしていただけで、レイチェルの息はわずかに上がる。貴族の令嬢としてはお転婆なほうだと自覚していたが、まだ以前のようには動けないと思い知らされた。

やがて、小さな頃からよく過ごしていた場所――庭園の東屋へとたどり着く。東屋には女官がいて、紅茶やお菓子を用意してくれる。アルヴィンがあらかじめ手配していたのだ。

レイチェルはアルヴィンの手を借りながら、ゆっくりと椅子に腰を下ろす。アルヴィンも隣に座り、二人で同じ景色を眺めた。

「ウォルターズ公爵のことだが……。極刑が決まったよ」

レイチェルは静かに頷いた。王族を害そうとしたのだから当然なのだが、正直どんな感想を持てばいいのかわからなかった。

ウォルターズ公爵は、アルヴィンやレイチェル個人を憎み、恨んでいたわけではない。あえて言うのなら、〝第一王子〟という存在が邪魔だったのだ。より権力を得たいという欲望や政治的な争いが動機であり、そこに個人の好き嫌いは入り込む余地がない。

だから、実感が湧かなかった。

「ご家族は……ウォルターズ公爵家はどうなるのですか？」

「取り潰しになる。……息子夫婦や孫娘はどこか親類を頼るはずだ。恨みや野心を抱かなければ、慎ましく暮らせる。当然、公爵令嬢とキースの婚約は撤回される」

貴族としての身分は剝奪されるが、罪はあくまで公爵個人のものだ。けれど、公爵の起こした事件の責任は公爵家全体に及ぶ。身分の高い者が、住んでいる屋敷や領地を失うというのは、家族にとっても重い罰となる。

「キース殿下はなんとおっしゃっているのですか？」

「仲がいいとは言えなかったから、不満はないと。むしろ、兄弟が対立する前に公爵の悪事が露見してほっとしている様子だった。……ただ、プライドの高いマドライン殿が身分を失って生活を送れるかは心配していた」

「確かに……」

マドラインは、格下のレイチェルを見下していた。そんな彼女は、身分を失ったときに、それに合った振る舞いができるのだろうか。

「一度目の世界でも、二度目の今も、ウォルターズ公爵は幸福な結末を迎えられなかった。……もう少し、野心を抱かずにいてくれたのなら、大貴族としてのそこそこの幸せがあっただろうに。私は彼になにをしてあげればよかったんだろう……？」

　一度目の人生とは違う選択をした結果、アルヴィンはレイチェルを救った。それと同じようにウォルターズ公爵にもこの先の人生が用意されていたのかもしれない。アルヴィンは今後も、関わった者を正しく導いてやれなかったことを悔やみ続けるのだろうか。

「アルヴィン様がすべての人の未来に責任を持つ必要はありません。なんでもわかるわけではないのですから」

「そうだね……。暗い話はこれくらいにしよう。ほら、お菓子を食べたほうがいい。……チョコレートは？」

　アルヴィンは美しく盛りつけられたお菓子の皿からチョコレートを摘まんで、レイチェルの口元に寄せた。

「自分で……」

「いいから」

　勝手に押しつけられたら、受け取らずにいられない。レイチェルは遠慮がちに口を開いて、チョコレートをパクリと食べた。

「美味しい？」

「……はい」

　ゆっくりと味わってから、レイチェルは返事をした。

　甘く、中にナッツが入ったチョコレートはレイチェルのお気に入りだ。生まれた頃からの付き合いであるため、アルヴィンはレイチェルの好きなものをなんでも知っている。

「少し痩せてしまったから、無理をしてでもたくさん食べなければだめだよ。……そうだな、ドレスの採寸はしばらく待ったほうがいいだろう」

「ドレス……?」

毒の影響で最初の一週間はまともな食事ができなかった。

その後も、よく煮込んだ野菜のスープなどお腹に優しい食事が続き、体重が落ちてしまったのは確かだ。新しいドレスを作るのなら、以前の体型に戻ってからでないと無理なのはわかる。

レイチェルがわからなかったのは、なぜ今ドレスの話題になるのかという部分だ。

「そう。婚儀のためのドレスだよ。純白の刺繍を全体に入れるなら半年以上かかるというから、早めにデザインを考えなければいけない」

「そう、ですね……ドレス……。楽しみです」

笑顔が引きつってしまう。アルヴィンはどんなレイチェルでも認めてくれる人だとわかっているのに、彼の言葉をすべて受け入れてなにも迷わずにいられるほど、レイチェルは無邪気ではないのだ。

アルヴィンの手が伸びてきて、レイチェルの頬に添えられた。目を逸らすな、と命じているのだ。

紫を帯びた不思議な瞳を覗き込むと、怒りの色が浮かんでいた。

「まさか、レイチェルはまたわけのわからない理由で私との別れを考えているんじゃないだろうね？」

「そ……れは……」

アルヴィンが悪い笑みを浮かべる。

こういう顔をするようになったら、レイチェルは絶対に勝てない。けれど、自分の迷いは正当だと声を大にして言いたい気持ちも失っていなかった。

「身体の傷を理由に辞退なんてことはないだろうね？　……まさか、まさかね……君はそんなに馬鹿じゃないよね？」

笑われた瞬間、レイチェルの頭に血が上った。

「馬鹿ではありません！」

迷いがあるということは、思考を放棄していないことだとレイチェルは思う。それに、以前のように頑なにアルヴィンを拒絶しているわけでもなかった。アルヴィンの望みを忘れていないからだ。

「そうだろうか？　君のことだから『傷を見るたびに責任を感じてしまうかも』なんて……愚かなことを考えているのかと思った」

「全然考えておりませんわ！　アルヴィン様こそ、私の思考をなんでもお見通しだなんて思い上がりも大概になさってください」

完全な失言だとレイチェルは自覚していた。これではもう、二度と同じ主張ができなくなる。

彼はレイチェルの捻くれた性格を利用して、牽制したのだ。極上の笑みで勝ち誇るのが憎たらしい。だからレイチェルは、アルヴィンの頬に手を伸ばし、キュッとつねってみた。

いい気分になれたのはほんの一瞬で、すぐに腕を掴まれ手が頬から離れていく。

そのままアルヴィンに抱きしめられた。

「ねぇ、レイチェル。……正直なところ私はきっと君の傷を見るたびに、一生後悔し続ける。当たり前だろう？　今度こそ君を守らなければならなかったのに、危うくまた死なせてしまうところだったんだから」

アルヴィンは、服の上からレイチェルの傷があるはずの場所を撫でた。

「でも！　あれは私が勝手に庇ったんですし、助かったのはアルヴィン様の用心のおかげです」

かつて『銀のカラス』が暗殺に用いた毒。一度目の世界では、アルヴィンやレイチェルに対しその毒は使われなかった。それでも用心深いアルヴィンは、やり直しの世界で『銀のカラス』が暗躍する可能性を懸念し、標的になったときの対策の一つとして解毒剤を作らせていた。

王子である彼は、まだ起こってもいない出来事で人を裁くことはできない。そんな中でできる限りの対策をしていた。

解毒剤がなければ、レイチェルは確実に死んでいたはずだ。

「考えたんだが……この先、第一王子、そして次期国王として生きている限り完璧な安全などない。また君を危険に晒してしまう可能性はあるはずだ」

「……それはわかっているつもりです」

「もし誰かが傷ついていても後悔せずにいられるとしたら、それは私が他者を思う気持ちを捨てて、誰も愛せなくなったときだけだ。……君と離れてもなに一つ解決しない」

「誰も、愛せない。愛せなくなる……？」

善政を敷いても悪政を敷いても、第一王子——未来の国王を害そうとする者をゼロにはできない。同様に、妃を危険に晒す可能性は今後もある。

もしレイチェル以外の者を妃に迎えても、その女性を大切に思えば、またアルヴィンは悩み、苦しみとは無縁でいられない。

傷つかないようになるには、誰も愛さない人間になるしか手段がないというのだ。

「身勝手な願いだとわかっているが、私を孤独な王にしないでくれ」

「アルヴィン様……」

彼を孤独にしないために、レイチェルができることは少ない。できるだけ長生きして常に笑っていることだけが、彼を過去の呪縛から解放してあげられる方法なのだろう。

レイチェルはアルヴィンの背中に手をまわして、言葉ではなく態度でずっと彼のそばにあり続けることを示した。

◇◇◇

季節は巡り、再び冬がやってきた。

レイチェルは、長いトレーンが美しい純白のドレスに身を包んで、大聖堂の祭壇の前に愛する人と並んで立つ。

アルヴィンも白を基調とした礼装だ。普段よりきっちりと固められた髪のせいで、実年齢よりも落ち着いた印象だ。

婚儀からしばらくして、現国王の退位とアルヴィンの即位が予定されている。二十三歳での即位というのは比較的若い部類に入る。だから、最近のアルヴィンは他者に侮られないように見た目にも気を使っているようだ。

参列席の一番前には国王とキース、それから王太后セオドーラがいて、二人を祝福してくれた。

ヘイウッド伯爵家の両親は最初からハンカチを握りしめて涙ぐんでいる。軍の礼装姿のマーカスがナタリアに小突かれているのも見えた。

（兄様ったら！　こんな日までなにかしてしまったのかしら？）

そんなナタリアの指にはルビーの指輪が輝いている。赤はマーカスの髪の色でヘイウッド伯爵家の象徴となるべき色だ。よく小さな言い争いをしているマーカスとナタリアだが、レイチェルたちに続いて、近々結婚する予定となっている。

「……ゴホン」

アルヴィンがわざとらしく咳払いをした。ベール越しだからわからないと油断し、参列者の様子を観察していたレイチェルを咎めたのだ。

やがて司祭の導きで儀式がはじまる。

互いに「死が二人を分かつまで」という誓いの言葉を交わしてから、アルヴィンがレイチェルのベールに手をかけた。

視界を覆うものが取り払われて、以前よりも凛々しくなったアルヴィンの姿がはっきりと目に映る。

約一年前、それまで優しくて少し頼りない印象だったアルヴィンが急に変わった。

レイチェルは強引でたくましくなった彼にいっそう惹かれていった。正直に言えば、知らない男の人になってしまったようで少しだけ不安になるときがある。

それでも、レイチェルにだけ向けられるとびきり甘い表情は以前と変わらない。彼への恋心を自覚したばかりの、白薔薇を二人で愛でた頃と同じだった。

「レイチェル……、私の幸せと、君の幸せがとこしえに一緒でありますように……」

誓いのキスをする直前、アルヴィンは神の前での誓約とは別の言葉を耳元でささやいた。

それは、すれ違ってからレイチェルが強く望むようになった願いであり、ここには存在しない一度目の世界のレイチェルが最後に書き残した言葉でもあった。

「私も――」

すぐに唇が塞がれてしまい、レイチェルは同じ言葉を言わせてもらえなかった。

レイチェルは心の中で誓いを立てた。アルヴィンがレイチェルのために強くあろうとしてくれたのなら、もう二度と彼の想いを蔑ろにはしないという誓いだ。


儀式のあとは、都の民へのお披露目となるパレードが行われる。

アルヴィンに導かれ、レイチェルは豪華な儀装馬車に乗り込んだ。

目抜き通りを進むと、都に住む人々がこぞって沿道に集まり、歓声を上げる様子がよく見えた。レイチェルは手を振ってそれに応えていたのだが――。

「……あっ！」

ポツリ、と冷たいなにかが頬にあたった。目を凝らすと、乾いた雪がハラハラと舞っているのがわかった。

「白い花びらみたいだ」

アルヴィンが空を見上げながらつぶやく。

舞い落ちる雪は、きっと一晩で都を純白に染めるのだろう。まるで世界が生まれ変わるように真っ白に。

「アルヴィン様？」

彼がどこか遠くを見つめている気がして、レイチェルは彼の名を呼んだ。

「これでようやく……」

ようやく幕が閉じる――。歓声にかき消えてところどころ聞こえなかったが、もしかしたらアルヴィンはそう続けようとしたのかもしれない。

レイチェルはアルヴィンの頬に触れて、無理矢理自分のほうを向かせた。遠くなど見ないで、私だけを見てほしい、そんな気持ちだった。

「ええ、これでようやくはじめられますね！」

贖罪の旅は、もう終わりにしていい。けれどレイチェルは、これから過去にも未来にも囚われず、アルヴィンと共に歩む人生をはじめたい。

だから歓声でかき消えた声を聞き違えたふりをして、笑ってみせた。

アルヴィンは一瞬驚いて、すぐにほほえむ。そしてレイチェルの額にそっとキスをしてくれた。

次期国王夫妻の仲睦まじい様子を、都の民は一際大きな喝采で歓迎した。

◇　◇　◇

日が落ちても、宮廷が真っ暗になることはない。常にどこかの部屋に明かりが灯されているのだ。部屋の窓から臨む回廊や庭園では、時々ぼんやりとした光が移動している。きっと、ランタンを持った女官や見回りの兵が歩いているのだろう。

暖かみのあるオレンジの光が、舞い落ちる雪を映し出す。幻想的な光景だった。

「本当に綺麗……」

室内を暗くしていると、余計に外の景色がよく見える。レイチェルは出窓にちょこんと座って、しばらく窓の外を眺めていた。

「レイチェル、だめだよ。……こちらを見て」

窓ガラスに、ガウンを羽織ったアルヴィンの姿が映る。けれどそれはほんの一瞬で、背後から伸びてきた手がレイチェルの肩を摑んで、無理矢理身体の向きを変えさせた。

「雪にまで嫉妬しないでください！」

美しい光景が見られるからこの日の婚儀を選んだはずなのに、景色を見ることを許さない彼は随分と意地悪だ。

「……無理。だって初夜なのだから私だけを見てくれ」

アルヴィンはカーテンをサッと引いて、外が見えないようにしてしまう。それからレイチェルの手を取って、ベッドまで導いた。肩を軽く押されて、二人で端に腰を下ろす。

「アルヴィン様……」

「今日から私たちは完璧な夫婦だ」

身体と心は一年前から結ばれていた。書類上でも夫婦になり、これで誰にも咎められることなく、堂々と触れ合っていい関係となる。

「夫婦……、私の旦那様……」

レイチェルはあえて声に出して、その関係がどれだけ特別かを感じようとした。口にするとより実感が湧くのだ。

「……レイチェル、いいだろうか？」

会うたびにキスをたくさんしていたのだが、はじめて結ばれた日のあとから、アルヴィンは身体を繋げる行為を一度も求めていない。

最初は二人きりになる機会がなかったせいだ。その後怪我をして、完治したあとも体力が回復するまではと自重してくれていた。行為そのものというより、身体への負担が大きい妊娠や出産を警戒してのことだろう。

たとえ婚儀の日程が決まった婚約者であっても、婚前交渉は堂々とできないものだから、レイチェルとしてもありがたかった。

そのぶんきっと、今夜からの彼は、自重しないという予感もしていた。

「……アルヴィン様、お願いが」

「なに？」

「今夜はどうか、このままで」

脇腹には醜い傷がある。それをアルヴィンが嫌うとは思っていないレイチェルだが、悲しませてしまうのは疑いようがない。

行為は二度目ではあるものの、今夜は初夜だ。できることなら、負の感情の一切を排除したかった。

「だめだよ、その願いは聞いてあげられない」

アルヴィンはレイチェルのガウンの腰紐に手をかけ、するりと解く。反射的に抵抗しようとした腕を摑み、ベッドに縫いつけた。

「あっ、だめ……」

「今夜は初夜だから、君のすべてを目に焼きつけるし、すべてに触れるつもりだ」

レイチェルがさらなる拒絶の言葉を口にする前に、キスがはじまった。

最初はただ重ねられるだけで、ふわふわと心地よい。長く続けられていると唇が痺れ、物足りなくなっていく。レイチェルは無意識に唇を開いて、彼を深くまで導こうとしてしまう。

「……もっと?」

それに気づいたアルヴィンが、一度だけ顔を上げた。はにかむような笑みを見せたのは一瞬で、今度は激しいキスがはじまる。

厚みのある舌がすぐにレイチェルの口内をまさぐりはじめた。柔い頬の内側を探られてから舌が絡みつく。そうされているうちにレイチェルの中で慎みが消えて、快楽を得ることへのためらいも薄くなっていった。

「ん……んんっ、ん」

自らも積極的に舌を絡める。濡れた音と吐息が漏れ出て、恥ずかしかった。けれどその羞恥心すら、そのうち快楽に置き換わっていくのを彼女は知っていた。

貪り合うという言葉がぴったりの激しいキスが続き、やがてアルヴィンが顔を上げる。なんだか名残惜しくて、レイチェルは彼の肩にかけた手に力を込めて、もっとほしいと催促してしまう。

けれど、アルヴィンは人差し指をレイチェルの唇に押し当てて、これ以上続ける気がないことを示した。

「キスだけで、うっとりしないでくれ……。全身にしてあげるから……」

唇はここまで——でもまだ終わりではない。そういう意味だった。

「レイチェル、可愛い……好きだよ……」

チュッ、と耳たぶを軽く吸ってから、低い声が愛を紡ぐ。耳元で吐息を感じるとゾワリとして彼の声が何度も頭に響く気がした。

「あぁ……、私……」

彼に好きだと言われると、嬉しくて、なぜか余計に心地よくなってしまう。声を聞いただけでとろけてしまいそうだった。耳たぶを口に含まれて、長い舌が複雑な耳の形を辿る。

予想外の場所に触れられるたび、くぐもった声がもれた。

「……もっとだ」

今度は髪やこめかみ、それから首筋に舌が這わされた。首筋はとくに弱いとこれまでの経験で十分すぎるほどわかっている。くすぐったいのに、なぜかへその奥あたりがキュンとなり、嬌声を我慢できない。

「……ぁっ、うぅっ、……あぁん」

レイチェルはアルヴィンの髪をグシャグシャに乱しながら、過度な快楽を得ないように気を逸らした。冷静なアルヴィンに観察されながら、一人で気持ちよくなるのは抵抗があるのだ。

そのうちにナイトウェアが乱されていく。ボタンを一つはずすたび、彼はあらわになった部分にキスをした。中途半端に乱れた服の合間から柔らかな双丘がまろび出る。

「あ……っ！」

アルヴィンは二つのふくらみを手のひらで下から支えるように包み込んで、ゆっくりとこね回した。まだ触れられていない先端は、期待でツンと立ち上がる。

素肌を暴かれ、胸を愛撫されるのは久々だというのに、レイチェルはきちんと以前にされたことを覚えていて、律儀に反応しているのだ。

「可愛い……。ここに触れてくださいって言っているみたいだ」

アルヴィンが口元をほころばせた瞬間、レイチェルの身体は羞恥心で熱くなる。頬と耳のあたりが熱を持つのが自分でもわかった。

「違います……」

いつものように強気ではいられない。かろうじて否定の言葉を捻り出すが、尻つぼみになるから説得力がまるでない。

「まぁいい。……身体に聞こう」

彼は捻くれたレイチェルの言動などお見通しだ。わざと吐息をかけながら、ゆっくりと胸の頂に顔を寄せ、やがて硬くなっていた突起の一つを口に含む。

「……んっ！」

ざらりとした舌がまとわりついただけだというのに、ビリビリとした強い刺激が全身を駆け巡る。レイチェルは思わず背中を浮かせて、強く反応してしまった。

これではアルヴィンに気持ちがいいと伝えているだけだ。アルヴィンはそうやってレイチェルの感じる場所をすぐに発見してしまう。

「あぁっ！　ん――っ」

今度は反対の突起が同じように舐められた。はしたない声が我慢できなくて、レイチェルは必死に口を手で覆う。けれど鼻からの呼吸だけでは苦しくて、長続きしなかった。

「胸……弱い、の……。それに、お腹が変になりそう、で……」

胸を舐められると、頭がふわふわとして思考が鈍くなり、へその下あたりが疼くのだ。胸の先端を愛されて得た刺激が、全身を駆け巡ってからその場所に溜まるような感覚だった。

じんわりと熱くて、早くどうにかしてほしいと願ってしまう。

「まだ早いよ」

「繋がりたいって言ったわけじゃないです！　あぁ、……やぁ、そこ……」

アルヴィンは胸へのいたずらを続けながら、中途半端に乱れたナイトウェアを取り払っていく。ドロワーズも引きずり下ろされ、一糸まとわぬ姿になる。すると脇腹の傷も、彼の前に晒すことになった。

「……見ないで……、やっぱり私……」

自分が醜くなったと本気で思っているわけではない。アルヴィンを守るために負った傷なら、誇っていいはずなのだ。

けれど、アルヴィンがこの傷を見るたびに傷つくのを知っている。彼の負い目ごと傷がなくなってくれたらいいのにとレイチェルは今まで何度も願った。

「ここも、愛していい？」

答えを待たずに、アルヴィンは傷に顔を寄せ、軽く口づけをした。それから柔い舌が這わされていく。

「やぁっ！　アルヴィン様、くすぐったい……、本当に、脇腹……なんて、あぁっ！」

男女の睦み合いで得られる快感とこそばゆさは紙一重だ。くすぐったいのにそれだけではなくて、けれどやはりこそばゆさのほうが勝っていて身もだえる。

悲しくはないのに涙が伝い、レイチェルは腕に力を込めてアルヴィンを遠ざけようとした。けれど許してくれない。

「んっ、あぁ……、もう、だめ……、あぁっ」

じっとしていられないほどだというのに、段々とおかしな気分になってくる。

舐められるとその部分がとろけて、熱を持っていく気がした。

「……だめだった？」

アルヴィンは散々レイチェルを翻弄してからようやくやめてくれた。いたずらをした子供のように悪びれる様子がない。

「だめ……」

「ならどこがいい？　どこに触れられたい？」

「そんなこと……」

胸や首筋、耳のあたりはレイチェルの弱点だ。けれどそのあたりには先ほどからたくさんキスがされていた。続きを求めて触れてもらいたがっているのは身体の奥だった。

「恥ずかしい……？」

レイチェルはコクンと一度だけ頷いた。彼と繋がりたいし、以前にしてもらったような快楽を身体が欲していた。けれど、もっと心地よくなる場所に触れてほしいと言葉にするのは無理だった。

「ここ？」

アルヴィンは、レイチェルの両膝に手をかけて、視線をその合間に向けた。少しでも力を込められたら、彼の前に女性の秘めたる場所が晒されてしまう。

「ううっ」

一度経験しているからこそ、見せなければ繋がれないことは知っている。それでも不浄の場所を好きな人に晒すのははしたなくて恥ずかしかった。

アルヴィンは膝にキスを落としてから、腕に込める力を強める。それから内股に舌を這わせはじめた。

「……やぁっ、そんなところ……」

そのあたりの肌は柔らかく、敏感だった。そしてあろうことかアルヴィンは脚の付け根をめざして、キスの場所を変えていった。

「……いいことをしてあげる」

なにか嫌な予感がして、レイチェルはギュッと脚に力を込めて彼の侵入を拒もうとした。けれどももう遅い。アルヴィンはレイチェルの秘部にキスをしたのだ。

「あぁっ！　やだぁ、や……やめて……う、あぁっん」

花びらをそっと退けるようにしながら舌が入り込み、花芽をついばんだ。

その瞬間レイチェルの全身に雷で貫かれたような衝撃が走る。

思わず身体を仰け反らす。シーツを強く握っていないと耐えがたいほどの刺激だった。

ねっとりと彼の舌が絡みつき、そのせいで花芽が硬くなっていく。あまりにも敏感なその場所は柔い舌がまとわりつくだけで痛いような、けれどやめてほしくないような心地だ。

レイチェルはもう、おかしくなってしまいそうだった。

「もう……、なにかっ、来ちゃ……あぁっ」

急激に身体と心が昂っていく。以前にも経験した絶頂が間近に迫っているのはわかっていた。

『心地よさが限界を迎えそうになったら、必ず〝達く〟って言うんだ。〝達きそう〟……

って。愛する人と交わるときの作法だから』

アルヴィンの言葉が脳裏に浮かんだ。こんなにたやすく果てるのは、普通なのだろうかと不安になりながらも、もう心を静めることなどできそうになかった。

「アルヴィン、様……っ、達くの……もう、達く……あっ、あ……」

真面目なレイチェルは教わったとおりの言葉を繰り返す。

するとアルヴィンは蜜で濡れそぼつ隘路に指を一本突き立てて、内壁を擦りはじめた。

アルヴィンから与えられる快楽に弱く従順なレイチェルは、舌と指の両方からの刺激に耐えられず、すぐに昇り詰めた。

「あ、あぁっ、あぁぁぁっ！」

どこまでも果てがない、思考のすべてを書き換えられて壊れてしまうほどの心地よさが激流となってレイチェルを翻弄する。

レイチェルは脚を突っ張らせてシーツをグシャグシャに乱しながら、アルヴィンから与えられるすべてを受け入れていった。

膣が収斂するたびに、アルヴィンの指をギュッ、ギュッ、と何度も締めつけて離さなかった。身体が彼に喜びを伝えたがっているみたいだった。

「……はぁっ、あ……気持ち、いい……」

全身の痙攣が終わると、急に身体がくたりと弛緩して力が入らなくなる。レイチェルは余韻に身を委ねながら、荒い呼吸を繰り返していた。

「この程度で満足しないで……。まだ、はじまったばかりなんだ」

中にとどまっていた指が急に蠢きはじめる。

「ま……って、まだ……まだ、だめ！　壊れちゃ……あぁっ！」

一度達したせいで、全身が敏感になっている。まだ最初の絶頂の余韻が残る中で再び愛撫が施されたら、レイチェルはもう正気を保っていられない予感がした。

「こんなに濡らして……、ほら聞こえる……？」

これは本気の拒絶だというのに、アルヴィンは聞く耳を持ってくれない。指が深くまで入り込んで引き抜かれると、ドッと温かいなにかがこぼれ、内股を濡らす。

アルヴィンはその蜜を音を立てて舐めとりながら再び舌での奉仕をはじめた。

「やっ、……無理なの、……あぁっ、無理です……もう、だめぇぇっ」

レイチェルはシーツを摑んでいた手を離し、アルヴィンの頭を全力で押し退けようとして暴れた。けれどレイチェルが抵抗しようとすればするほど、罰のように強い刺激が与えられ、動きを封じられてしまった。

もう彼の髪を乱しながら、ヒクヒクと震え、また昂っていく身体を受け入れることしかできなくなってしまう。

「……あ、くっ！　――んんっ！」

二度目の絶頂は、レイチェル本人すら予兆を感じ取れずに、ひっそりと訪れた。ただ、身体の強ばりや痙攣でアルヴィンには隠せない。

「あぁ、なんて淫らな……。勝手に達して、仕方がない子だ」

「違うの。……だって……あぁ、ごめんなさい……私、もう……」

きっともう、壊れてしまったのだ。この身体は自分のものではなくアルヴィンのものになってしまった。だからこんなにも思いどおりにならず、彼の手技に従順なのだろう。

「可愛いよ……」

「……一人は嫌。アルヴィン様も気持ちよくなってくれないと、恥ずかしくて泣きそうです。……お願い、お願い……」

レイチェルは疲労で震える腕を必死に伸ばし、アルヴィンのシャツに手をかけた。不器用な手つきで一つ一つボタンをはずしていく。

「一つ、私もお願いをしていいだろうか?」

「……はい」

「お返しがほしいんだ。……私がしたことと同じように、今度は君が私を気持ちよくするんだ。……できる?」

レイチェルはコクリと頷いた。

アルヴィンに気持ちよくなってもらうためになにかできるのだとしたら、なんのためらいもないからだ。自分一人が翻弄されるより、ずっといい。

「同じように……」

レイチェルは身を起こし、アルヴィンの肩をそっと押した。そして彼にされたそのままを返すために覆い被さった。

最初は唇へのキス、軽いものからはじまって、次に舌を入れて彼の口内を探る。それから頬や耳たぶにもキスをして、首筋は強めに吸った。

「……猫に舐められているみたい。すごく、いい……」

アルヴィンが髪を撫でてほめてくれた。それが嬉しくてレイチェルは必死になった。シャツを脱がせ、硬い胸にもキスをする。かつて心臓を貫いたという胸の傷はとくに丹念に愛していった。

決してレイチェルと同じように乱れてくれるわけではないが、時々くぐもった声をもらすのが可愛らしかった。

彼の上に跨がった状態で身体を密着させると、トラウザーズの下が硬くなっているのに気がついた。

「……ここ、は……どうすれば……？」

「同じように。触れてくれたら気持ちよくなれる」

レイチェルは頷いて、たどたどしい手つきで布地を取り払った。二人とも生まれたままの姿になる。アルヴィンは美しい男性だが、下腹部のふくらみは容姿にふさわしいものとは言えず、凶器のようだった。

そこに触れたら、心地がいいのだと彼は言っていた。だからレイチェルは躊躇せずにそっとアルヴィンの男性の象徴を両手のひらで包み込む。

「あぁ、触れられただけで、どうにかなりそうだ……！」

眉間にしわを刻み、熱い吐息をもらす。彼のそんな様子を見ているだけでトクン、とレイチェルの鼓動が高鳴った。

「同じように……？」

「そう、同じように……キスをして……」

アルヴィンの男根で身体を貫かれるのは少し怖い。けれど、レイチェルとしてはそこに触れるのには抵抗はなかった。もし、レイチェルがそこにキスをしたら、アルヴィンは喜んでくれるのだろうか、そして自分と同じくらいに快楽の虜になってくれるのだろうか。

レイチェルの心を占めるのは期待と興味だった。だからゆっくりと顔を近づけて、ふくらんだ先端に軽くキスをした。薄そうな皮膚を傷つけないように唾液で濡らして、血管の浮き出る竿にも触れた。

「……いぃ、上手だ。……っ、そのまま、口に含んで……そう……」

指示されるまま、レイチェルは大きく口を開いて硬く勃ち上がる竿をパクリと食べた。

そこからどうすればいいかわからずに涙目になって上目遣いに彼を見る。

「歯は立てずに、少しだけでいい……動いてみて……」

アルヴィンがレイチェルの頭に手を添え、わずかに力を込める。もっと深くくわえ込んでほしいという欲望を示した。

「……ふっ、ふぁぃ」

レイチェルは彼に導かれるまま、頭を上下に動かした。少しでもアルヴィンに気持ちよくなってほしくて必死だった。油断すると喉が苦しくて嘔吐《えず》きそうになる。それでもレイチェルは彼への奉仕をやめなかった。

アルヴィンの息が上がっている。艶っぽい吐息を聞いているだけで、レイチェルまで昂りそうだった。

「……あぁ、もういぃ……。あまりすると吐精してしまいそうだ、……果てるときは、君の中がいいから……」

レイチェルは素直に彼の言葉に従い、最後に唾液で濡れて光る竿の先端にキスをしてから顔を上げた。

「そのまま跨がってごらん」

「え……？」

跨がって、自分の意思で硬く太い彼の昂りを呑み込め——そう言っているのだろうか。

レイチェルは結局、閨事の作法についてまともに教わらなかった。婚儀の日取りが決まって以降、怪我が完治してから教師をつけるという話は出ていたのだが、アルヴィンが必要ないと言い張って、学ぶ機会は与えられなかった。

だからアルヴィンから学ぶことがレイチェルのすべてだ。

「もっと、レイチェルが私のために必死になっているところを見たいから」

「は、はい……」

うっとりと熱っぽい視線を向けられたらレイチェルは逆らえない。これが普通の初夜なのかどうかもよくわからないまま、レイチェルはアルヴィンの昂りを握り、秘部にあてがった。

「──あっ！」

入り口がどこにあるのかわかっているはずなのに上手くできなかった。大量の蜜のせいで滑ってしまうからだ。二度、三度、と繰り返してみるが、あんなにほぐされていても自分ではどうしたら上手く彼を呑み込めるのかわからない。

「そうやって焦らして……、君は悪い女《ひと》だ」

アルヴィンが半身を起こし、レイチェルを乗せたままベッドの上に座った。

それから硬いままの男根を自分で握り、レイチェルを導こうとした。

「ほら、腰を下ろして。……ここだから」

花園の中央にふくらんだ部分が押し当てられた。わずかに腰を下ろすと圧迫感を伴って剛直が押し入ってくる。

「怖い……っ、あ……うっ、うっ」

一度経験していても、アルヴィンの竿は繊細な女性が受け入れられるような大きさではないとレイチェルは感じていた。

もちろん、硬くなった男性の象徴は彼のものしか見ていないので、どれくらいが普通なのかは知らない。

以前はきちんと気持ちよくなれたのだから、今夜も大丈夫なはず――。そう思うのに、自らの意思で呑み込めと言われると身がすくんだ。

ゆっくり、ゆっくり――時間をかけてようやく半分ほどを受け入れる。

「……ごめん、もう無理……。こんなの、拷問と一緒だ……」

アルヴィンが急にレイチェルの腰骨のあたりを強く掴み、下からの突き上げをはじめた。

「ああぁぁっ！」

心の準備ができないまま抽送がはじまる。身体の奥を埋め尽くされる感覚は、もうとっくに忘れていたのだろう。身をこわばらせ、アルヴィンにしがみつきながらじっとしていることしかできなかった。

「あぁっ、……ほら、ちゃんと受け入れてくれている……、はぁっ、締めつけて、喜んでいるだろう……っ」

恍惚の表情を浮かべながら、アルヴィンがズン、と深い場所を探っていく。

「違う、ふっ、ああぁっ、あ！」

膣がヒクヒクと痙攣するのは、中を埋め尽くす異物を排除しようとしているからだ。柔く弱い内壁をいっぱいに広げられる行為に慣れるには圧倒的に経験が足りない。逃れたくて腰を浮かせると、すぐに引き寄せられて――より激しい突き上げに息ができなくなりそうだった。

けれどしつこく中を穿たれ続けているうちに、段々と恐怖心や圧迫感とは別のものがレイチェルの中に芽生えはじめる。

「……う、あぁっ、あ……！」

クチュ、クチュ、と結合部から卑猥な音が奏でられるのと同時に、わずかな快楽が生まれた。とくに奥のある一点をグッと押されるたびに、せつないようなそれでいて甘ったるいものが込み上げてきた。

「ア、……アルヴィン様……キス、したい……してもいいで、す……か？」

もっと、もっと甘く溶かされたいのだと身体が主張していた。

「私は君のものなんだから、キスに許可はいらない」

急に肩が押されて、体勢が入れ替わる。アルヴィンはレイチェルを組み敷いて、両脚を大きく開かせてから唇を寄せた。

キスは驚くほど優しくてうっとりとした心地になれるのに、下腹部に与えられている刺激は壊れてしまうくらいに激しい。相反する感覚がレイチェルを混乱させた。

「んっ、んっ、……ん！」

互いの舌を絡め取り、隙間から唾液がこぼれても気にならなかった。熱い吐息を感じるのも心地よい。そちらに集中していると、身体から余計な力が抜けて、より快楽を拾うようになっていった。

「ん……あ、あぁっ！」

奥の一番いい場所を穿たれた瞬間、レイチェルは耐えきれず喉を反らし、キスが終わってしまった。アルヴィンは濡れた唇をペロリと舐めてから、口の端をつり上げた。

そして、強く反応した場所ばかりを的確に突いた。

「私もあまり余裕がないみたいだ……」

そうつぶやいてから、アルヴィンはレイチェルの膝の裏に手をあてて、折り曲げ、より深く繋がれる体勢を取らせた。そして一気に抽送を加速させていく。

「あっ、あっ、あぁ、あぁっ！　奥、奥が……あぁっ！」

彼がレイチェルを絶頂まで連れていこうとしているのは明白だった。

「奥が、善いんだ……、くっ、だめだ……もう……」

するとなんの予兆もなしにレイチェルの身体に衝撃が走った。アルヴィンが片手を伸ばして花芽を指で擦りはじめたのだ。

「やぁっ、だめ……！　達っちゃ……、達っちゃいそうに……あぁぁっ」

「だめじゃない、一緒に……はぁっ」

アルヴィンの額から汗が滴り、レイチェルの白い肌にポツリと落ちた。苦しそうに顔を歪めても彼は美しい。──普段とは違う獣になってしまっても、気高さは失われていないからだ。

濡れた紫の瞳の中には、レイチェルの淫らな姿が映っているのだろう。レイチェルはそのアメジストのような瞳を見つめながら高みをめざしていた。

「アルヴィン様……！　あぁっ、もう……私……、あぁっ、あっ」

アルヴィンが指先で花芽をギュッと摘まんだ。その瞬間レイチェルは大きな絶頂を迎えた。膣が喜びで痙攣し、子種をほしがるかのようにアルヴィンの剛直を締めつけているのが自分でもわかった。

「……そんなに、されたら……あ、クッ！」

急にアルヴィンが動きを止めて、代わりに小さく身を震わせた。

「あぁっ、アルヴィン様……、アルヴィンさまぁ！」

愛おしい人の名前を叫びながら、レイチェルは彼の精を受け入れていった。ドクン、ドクン、と脈打ってそのたびにお腹の奥が熱くなる。

好きな人の精を受け入れると、段々と心が凪いでいく。レイチェルは荒い呼吸を整えながら、穏やかになりつつある余韻に浸った。

悲しいわけではないのに、レイチェルの顔は涙でグシャグシャだった。

アルヴィンが乱れた髪を撫でて、涙に唇を寄せた。そうされると、レイチェルは自分が世界で一番幸せな花嫁であると自覚していく。

満ち足りた気持ちのまま目を閉じて眠ってしまいたかった。

「……続きをしてもいい？」

続きとはいったいなんだろうか——レイチェルが理解するより早く、ズン、と奥が穿たれた。その衝撃で結合部から温かい体液が漏れ出て、シーツに伝っていくのがわかった。

「な、に……あ、嫌なの……無理で、す……あぁっ、ん」

アルヴィンが強引に肩を掴んで、レイチェルを横向きにさせた。片脚だけを持ち上げて、そのまま抽送をはじめてしまう。

「深い……！　だめ、息ができ、ない……っ、あぁ」

「できている。……大丈夫、こうしたらもっと深く繋がれるだろう？　レイチェルの感じるところをたくさん触ってあげられる……」

正面で交わっていたときよりも繋がりが深くなる。そうすると奥の壁を突かれたときの衝撃が何倍にも増した。挿入の向きがわずかに違うだけで、今までとは異なる場所が擦られる。とろけきって敏感になった身体では一溜まりもない。

「嫌……っ！」

「レイチェル、私を愛してるだろうか？」

「聞かなくても……、あぁっ、止まって……」

「愛してると言えたら、もっと気持ちよくなれる」

全然話が通じないことにレイチェルは焦る。過ぎた快楽は苦しみに似ているのだ。

脚は震えてしまうし、息も苦しい、心臓の音はうるさいし、身体も汗ばんでしまった。

こんなにつらいのに、アルヴィンと繋がっている場所だけは貪欲に快楽を得ようとする。

「待って……意地悪……、アルヴィン様……意地悪しないでぇ。もう今夜は……できないの……！」

「何度だって気持ちよくなっていいんだ……。こんなに善さそうなのにやめられるわけがない……。君は幸せな妃だから、今すぐツンデレをやめなさい……いいね？」

「……違う、の……ツンデレじゃ……だって、アルヴィン様が……あぁぁっ！」

アルヴィンが腰の動きを速めたせいで、瞼の奥がチカチカと光り、もう快楽に呑み込まれる寸前になっていた。

結局レイチェルは、この日も気絶するまでアルヴィンに抱き潰されることとなった。

レイチェルにとってアルヴィンは世界で一番素敵な理想の旦那様だった。

どれだけ長い歳月を一緒に過ごしても、ずっと変わらない。

ただ一つ、直してほしい悪癖があった。それはレイチェルの否定的な言葉を、すべて〝ツンデレ〟と決めつけて、意地っ張りを許してくれないことだった。

レイチェルの新婚生活は甘すぎて前途多難だった。

カーテンコール　お出かけは慎重に！

婚姻後しばらくして、アルヴィンは王位に就いた。

もともと、体調を崩しがちだった国王に代わり、アルヴィンが国王の執務の大部分を担っていたため、継承は円滑に行われた。

一年と少し前の、やや頼りない彼はもういない。臣の意見を聞き入れ為政者として柔軟でいることと、臣の言葉に左右され己の意見がないのはまったく違う。今のアルヴィンは前者だった。

「今日は、なにか変わったことなどなかっただろうか？」

就寝前、レイチェルはハーブティーを飲みながらアルヴィンと一緒に過ごす。国王と王妃にはそれぞれ成すべき仕事があるため、日中は一緒にいられないことが多い。けれど、晩餐のあとからは特別な用事がない限り、こうして二人きりの時間となる。

「そうでした！　今日は、辺境伯夫人とお話をしました」

日中、レイチェルはさる貴族の屋敷を訪れた。小さな茶会の席で南の国境地帯を領地とする辺境伯夫人と話をする機会があったのだ。

「辺境伯夫人か……。どんな話をしたんだろうか？」

「軍の再編について、アルヴィン様に感謝している様子でした」

数ヶ月前、アルヴィンは辺境伯が治める南方の国境地帯の守備を強化した。理由は、隣接する国で不作が続き、豊かな土地を求めて敵が攻め入ってくる可能性が高まるというものだった。アルヴィンの懸念は見事にあたり、国境地帯で小競り合いが発生したのだが、あらかじめ兵を送っていたため、敵はすぐに逃げ帰った。

レイチェルとしては夫の国王としての采配を誇らしく思ったのだが、アルヴィンの表情は浮かない。

「あまりいいことだとは思わない。それでも……、起こるとわかっている現象を放置して、被害を出すこともできない」

アルヴィンは、国境地帯が危ういと予測していたのではなく、知っていたのだ。

彼が大きく未来を変えてしまったため、アルヴィンやレイチェルに近い場所で起こる出来事はもうわからない。けれど、天候や自然災害、それから諸外国での大きな事件――これらは影響を受けにくいため、アルヴィンが一度目の世界で起きた出来事を覚えていれば予測できるのだ。

「いいことではないのですか？」

国民を守るために、自分の持っている力を使うことのどこがいけないのか、レイチェルにはよくわからなかった。

「……この力が使えるのは残り三年にも満たないから」

アルヴィンは自身の抱える懸念をレイチェルにもわかりやすく教えてくれた。

今の段階で記憶だけを頼りに日照りや洪水を予測し必要な対策を講ずるとして、三年後に力を失ったらどうなるのか。アルヴィンは神がかった考察力の国王から、一気に凡庸な者へと成り下がる。だから一度目の世界の知識に頼ってはいけないと彼は言っているのだ。

「アルヴィン様……。ですが、アルヴィン様はその不思議な力に頼ってばかりのお方ではないでしょう？」

「そうだね。情報を精査することで、未来がわからなくても同じ結論にたどり着くことはできる。今回も、過去の例から警戒が必要だと皆を納得させるだけの根拠がなければ、むやみに戦力を強化することなどできなかった」

レイチェルは頷いた。

今回の増兵も、ただアルヴィンが「危ない予感がするから兵を出す」と言っても臣から妄言だと一蹴されていただろう。アルヴィンが隣国の状況に普段から目を光らせていて、なおかつ不作が戦の原因となった過去の事例を提示したからこそ、臣からの同意が得られたのだ。

周辺国の経済問題や内政に目を光らせること、そこからこの国に降りかかる危険を予測し、対策をとることは未来の知識がなくてもできる。

「先のことなどわからなくてもきっと大丈夫です。……アルヴィン様は今を正しく見ておられますし、……私だって、お役に立つために……その、なにか……」

彼のために、国のために、なにができるかを考えるのが王妃であるレイチェルの務めだ。

根深い意地っ張りと戦いながらそう言おうとしたが、アルヴィンに抱きしめられて、最後まで言わせてもらえなかった。

アルヴィンはレイチェルのぬくもりを感じるのが好きだというから、レイチェルはできるだけ抵抗せずに身を委ねるようにしている。

しばらく会話もせず、アルヴィンのしたいようにさせていた。彼はレイチェルの髪を撫でたり背中を撫でたりしている。言葉がなくても、居心地がいい。

「……そうだ。ところで、明日なんだが、お忍びで街を見てまわろうと思っている。レイチェルも一緒に来ないか？」

それは意外な提案だった。アルヴィンはレイチェルに危険が及ぶことをなによりも恐れている。一度目の世界でのレイチェルの死、それから一年と少し前の暗殺未遂事件に対し、責任を感じているのだ。だからレイチェルもアルヴィンに心配をかけないように、身の安全には気を配っていた。

多少窮屈でも、出かけるときは必ず護衛をつけているし、危険な場所に赴くことはほとんどない。

「よろしいのですか?」

伯爵令嬢だった頃は、友人と一緒に街での買い物を楽しんだこともあったが、ここ一年ほどお忍びでの外出はなかった。警護がしづらい場所に行きたいと求めれば、優しい彼を困らせるとわかっていたからだ。

「宮廷内に閉じ込めたら、君を二度と危険な目に遭わせることはないと思う。ただ、束縛したいとは思わない」

アルヴィンは腕に込める力をわずかに強める。きっと彼の中には葛藤があるのだ。

レイチェルを鳥かごに閉じ込めて、すべての危険から守りたいという気持ちと、自由を奪いたくないという気持ちの狭間で今も揺れている。

「アルヴィン様……、ありがとうございます」

「私服の護衛はいるし、完全に二人きりになれるわけではないけれど」

「それでも嬉しいです。……あ、でも服が……」

明日急にと言われても、お忍びに適した服を持っているはずもない。誰か仕えている者に借りられるだろうかと思考を巡らす。

「大丈夫だ。そういう機会もあるかと思って、市井に馴染む服を用意してあるから」

アルヴィンはさも当然のことだと言わんばかりだ。

「……そ、そうなんですか？」

準備がいい——という一言では納得できない気持ちになるのは、仮面舞踏会の日から何度目だろうか。

レイチェルは王妃専用の衣装部屋を持っている。

けれどアルヴィンは以前からベッドルームにあるクローゼットにいざというときレイチェルに必要になるものを集めている。実際に、彼の備えが役に立ったことは何度もあるのだが、たまにその用心深さが恐ろしいと感じてしまう。

「庶民的な服装のレイチェルも、きっと可愛いだろうな……」

アルヴィンがあまりにも嬉しそうなので、レイチェルはもうなにも言えなかった。

◇◇◇

そして翌日。レイチェルは朝から目立たない服に着替えた。踝丈《くるぶし》のスカートはシンプルだが、ふわりと優しいシフォン素材だ。ベストとフリルのついたシャツを合わせ、目立つ赤い髪はきっちりと結い上げた。

アルヴィンは装飾のない上着を羽織り、ステッキを持ち、眼鏡をかけている。すれ違う者の目の色などほとんどの人間が気にしないだろうが、紫を帯びている瞳は大変めずらしいため、注目されたくないのだろう。

「アルヴィン様ったら、学者さんみたい」

彼はとても繊細で美しい容姿をしている。眼鏡をかけていても、気品は隠せないし知的な印象が強調されて素敵だった。

「なら、学者とその妻ということにしておこうか」

二人の服装は、庶民の中では富裕層という程度だろうか。学者というのはちょうどいい肩書きだろう。アルヴィンは身分を問わず知識人を招いて意見を聞いているから、そういう者たちの立ち居振る舞いを参考にできるはず。

レイチェルは頷いてから、差し出された手を取った。そのまま質素な馬車に乗り込んで街へ向かった。

正午より少し前、商業地区は多くの人で賑わっている。このあたりはナタリアやマーカスと一緒によく訪れた場所だ。ナタリアと二人で買い物を楽しみ、荷物持ち兼護衛のマーカスは昼食の時間以外は面倒くさそうにしていたという思い出が、レイチェルの中に蘇ってくる。

女性の買い物に付き合うのが嫌ならば、同行しなければいいのに、マーカスは意外と心配性で過保護だった。

「兄様とナタリアにもなにかおみやげを買おうかしら……？」

適当なところで馬車が止まる。ちょうどそのとき、窓の外には背の高い軍人の姿がチラリと見えた。レイチェルと同じ赤い髪の青年は、明らかにマーカスだ。けれど服装が近衛のものではなかった。

「一般の軍人に変装してもらっているんだ」

レイチェルの視線に気づいたアルヴィンがそう教えてくれた。

ほかにも市井に混じって違和感のない服装の護衛が、ひっそりと二人を守ってくれるという。

「兄様がいてくれるのなら安心です」

「誰よりも、君の近くには私がいるんだけどね？」

アルヴィンが拗ねてしまう。

「頼りにしていますよ……。アルヴィン様を一番に」

そう言ってから馬車を降りる。

しばらく活気のある通りを歩いていたのだが――。

「物盗りだ！」

背後から大声がした。二人が後ろを振り返ると、人混みを縫うようにして女性のハンドバッグを抱えた男が走ってくるのが見えた。

アルヴィンがすぐさまレイチェルを庇う位置に移動した。ちょうど街路樹の幹にレイチェルを隠すかたちだ。

「ぐあぁ！」

「今だ、取り押さえろ！」

レイチェルの位置からはよく見えないが、物盗りがつまずき倒れ、その隙に近くにいた男性たちが協力して男を捕らえたようだ。

木の陰から様子をうかがうと、暴れる物盗りの上に青年が一人馬乗りになっていて、ほかの者が足や手を押さえ込んでいる。これではもう動けないだろう。

取り押さえている青年は、古びた上着に帽子をかぶったごく一般的な都の民だったが、その顔には見覚えがある。

マーカスの部下の一人で、近衛に所属する軍人だった。

（本当に、しっかり守ってくれているのね……）

きっと行き交う人々に紛れて守るのは、通常の警護よりも大変に違いない。レイチェルは申し訳なく思いながら、アルヴィンが遊びのためにここにいるわけではないと知っているので、堂々としていようと決意する。

アルヴィンは護衛と目配せをしたあとにレイチェルのほうへ向き直る。レイチェルやアルヴィンを狙ったものではなさそうだし、この場を彼らに任せ、移動しようというのだ。

「治安はよくても犯罪はゼロにはできないな……」

やれやれと肩をすくめながら、レイチェルに手を差し出した。捕らえられた物盗りがなにかを叫びながら悪あがきを続けているが、アルヴィンは我関せずという様子だ。

「騒がしい場所から少し離れようか……」

「はい」

レイチェルが一歩踏み出した瞬間、ビリビリッという嫌な音が聞こえた。ざらりとした木の幹に柔らかい素材のスカートが引っかかり、破れてしまったのだ。

「あぁ、これは大変だ」

破れたのはシフォン素材の表だけ、けれど裏地がはっきり見えてしまって裂けているのが目立つ。

「どうしましょう？　せっかく来たのに帰るのは……」

こんなみっともない状態では店には入れない。まだなにもしていないし、アルヴィンももっと見たい場所がたくさんあっただろうに、ここで終わりたくなかった。

「いいや、大丈夫。こっちにおいで」

レイチェルは素直に彼の言葉に従う。既製品のスカートを売っている店が近くにあるのだろうか、と予想しながらレイチェルは彼についていく。

たどり着いたのは、通りから一歩入ったところにある広場だった。小さな噴水があり、その周囲にポツン、ポツンとベンチが置かれている。今は人がほとんどいない静かな場所だった。アルヴィンはベンチの一つにレイチェルを座らせると、突然跪いた。

「素材が柔らかいのはわかっていたから、念のため……」

彼は上着のポケットを探り、手のひらサイズの革製のケースを取り出した。中に入っていたのは、針と糸——裁縫道具だった。

「……え？　どうして……」

それは普通、男性が持っているものだろうか。まして彼は一国の王なのだ。いつもの過剰なほどの用心で持っていたとわかるが、あまりにも都合がよすぎた。

よく若い女性が読む物語の主人公は、ポケットに裁縫道具を忍ばせていて、ボタンが取れて困っている紳士を助けるものだ。けれどレイチェルは伯爵令嬢だったので、裁縫は刺繍などの趣味程度しかできない。繕い物は屋敷のメイドにやってもらっていた。

（まさか……この場で私が？）

レイチェルは焦る。上手くできる自信がまったくなかったのだ。

「アルヴィン様……私……」

「じっとしていて」

アルヴィンはそのまま針を持ち、穴に糸を通した。

「あの……？」

玉結びは王子として生を受け、国王である者が当たり前にできることなのだろうか。アルヴィンの行動があまりに予想外であったため、レイチェルは混乱していた。

「すぐに済むから」

アルヴィンは破けたスカートの裾を軽く持ち上げて、めくってから針を刺した。台の上での作業すらできないこの状況で、やたらと手際よく、丁寧に針を刺していく。ほんのわずかな時間じっとしているだけで、みるみるうちに破れたスカートが直っていった。

「すごいです……。アルヴィン様どうしてこんなことが？」

アルヴィンは最後に玉止めをしたあと、針と糸を片づけた。

裏側から縫い合わせたため、糸は見えない。破れた箇所は小さく摘まんでいるので、直線のしわになっている。けれど、もともとふんわりとしたスカートで、プリーツが入っているから、遠目では気にならなかった。

「いつか必要になるかもしれないと思って練習しておいたんだ」

アルヴィンは作業を終えると顔を上げ、誇らしげに笑った。

実際に必要になったにもかかわらず、レイチェルは納得できなかった。いつか使うかもしれないというわずかな可能性だけで、わざわざ習ったと彼は言う。第一王子、そして今は国王としての執務があり忙しいのにいつそんな暇があったのだろう。

「アルヴィン様……助かりました、ありがとうございます」

けれど、まずはお礼だ。なんに対してもいつか困るかもしれないと神経質になっていたら、身が持たないのではないかとレイチェルは心配した。

「君の役に立てて、嬉しいよ」

彼はまぶしく感じるほど、喜びを隠さない。だから多少困惑しても、レイチェルはやっぱりなにも言えないのだった。

スカートの破れが目立たなくなったところで、今度こそ街へ繰り出す。

レイチェルは新しい日記帳や小物、そしてナタリアへのおみやげを買う。アルヴィンは金製品、食糧、嗜好品など自分がほしいものというより、物価の指標となるものが売られている店に入り、適当になにかを買っていた。

それから通りを歩く人の様子や、裏路地の清潔さなども気にしているようだった。

(……ものの値段は宮廷にいてもわかるけれど、店での立ち話や買い物客の様子、活気はわからないもの……)

物価という目に見えるものならば、誰かに報告させればそれでいい。けれど、買い物を楽しむ者たちの何気ない会話、噂話、店主や労働者の表情など実際に見ないとわからないものがたくさんある。

たとえば、信頼できる部下がいたとしても、その者はこの国の負の側面を正確に報告できるだろうか。人づてではどうしても、その者の主観が入ってしまう。

アルヴィンはそれらを実際に目で見て確かめることにより、より完璧な国王になろうとしている。

意義があるからこそ、わざわざ変装させた護衛をつけるという手間が許されるのだ。


正午を過ぎてから大きな広場で開かれているバザールを見に行って、そこで昼食をとる。

食事を終えた頃、先ほどまで晴れていたのが嘘のように、分厚い雲が太陽を覆い隠した。

「少し雲行きがあやしいですね？」

「ああ。……そろそろ帰ろうか」

間違いなくまもなく雨が降ってくるはずだ。

アルヴィンは特別思い出に残る日に限っては正確な天気を言い当てられるという。そして、日照りが続くか洪水が起こるかなど国の経済に大きな影響を与える季節単位での傾向も三年先まで記憶しているとのことだ。けれど毎日の天気を詳細に覚えているわけではないので、さすがにこの突然の雨は予測不可能だったのだろう。

馬車を待たせている通りまでは距離がある。歩きだした途端に、地面に黒いしみができはじめた。

「残念。……雨ですね」

これは急がねばならない。レイチェルは幸いにして歩きやすいように踵《かかと》の低い靴を履いている。手を繋いだまま足を速めたのだが、アルヴィンが急に立ち止まる。

「待って」

アルヴィンはレイチェルを一旦花屋の軒下まで連れていった。直後にザーッ、と雨音が強まった。

（まさか、……ステッキが傘に変化するなんてことはないわよね？）

杖の中に護身用として刃物を仕込んでいる紳士は時々いるらしい。さすがに傘に変化するにはアルヴィンの持つステッキは細すぎる。けれどレイチェルはこれまでの経験から、アルヴィンが雨が降ったときの対策をなにか考えている気がしていた。ただ、細身の上着に大きなものが入っているとは考えられないため、魔法でステッキが傘になるという妄想をしたくなったのだ。

「馬車まで濡れないように、この上着をかぶっていくといい。水を通しにくい素材を使っているんだ」

そう言って、アルヴィンは上着を脱いでレイチェルの頭にパサリとかぶせた。

傘は持っていなかったが、やはり雨が降ってきたときの対策は考えていたのだ。けれど、水を通しにくい素材なら、空気も通りにくいということになる。用心のために、ずっと体温調節が難しくなる素材を着続けるというのはどれほど大変なことだろうか。

「それではアルヴィン様が濡れてしまいます」

「私はいい」

「……でも、この上着、なんだか重たくて」

美しい着こなしをしているから、ポケットに色々なものが詰まっているようには見えなかったが、頭にかぶせられた上着はずしりとしていた。裏地のちょっとした場所に、なにか硬いものが入っているのがわかる。どうせこれらもアルヴィンの備えなのだろう。中身が気になるレイチェルだが、今はどうにかして馬車までたどり着くのが先決だ。

どうせ遠慮の言葉では彼は納得しない。それがわかっているからレイチェルはあえて重い上着を持つのが嫌だと告げたのだ。

レイチェルは思いっきり手を伸ばして上着をアルヴィンの頭にかぶせた。

それから、窮屈だがアルヴィンに身を寄せて二人で上着を広げる。

「旦那様一人だけをずぶ濡れにするなんて、私だって気分が悪いですわ！　それに少し濡れてもいい思い出になるでしょう。……ね？　アルヴィン様」

レイチェルは夫婦になっても意地っ張りが直らない。けれど、今は自分の意見のほうが正しいと自信を持って言えた。アルヴィンも困った顔をしながら笑って頷いてくれた。

「あの……。そこのご夫婦！　もしよろしければ……」

二人が仲良く走りだそうとした瞬間、男性から声をかけられた。

（護衛の方……よね？）

縫った形跡のある古びた服装の青年は、やはり宮廷内で見たことのある人物だった。彼も国王夫妻の視察にこっそり同行している者の一人だろう。彼は傘をさしていて、もう一つの傘をアルヴィンに渡そうとした。

「どうしましたか？」

アルヴィンは若い学者という設定だ。だから普段よりも丁寧な言葉遣いで青年に問いかける。

「ちょうど傘を二本持っていたもので、よろしければお貸しいたしますよ」

視察中、国王夫妻の邪魔をしないというのが暗黙のルールになっていたようだが、さりげなく傘を用意して渡そうとしてくれるつもりなのだ。

「ありがとうございます。……ですが、私たちは若いですし、これくらいで風邪を引くはずもありません。……ほら、小さな子を連れた女性が困っているようです。あちらの方にお譲りしますよ」

アルヴィンは向かいの店の軒下を指差した。

「ですが……陛……」

「まだなにか？」

アルヴィンの声が急に低くなる。

「いえ、そうですね！　いやぁ、仲がよさそうでうらやましい限りです。私はこれで」

青年は気まずそうにしながらアルヴィンの言葉に従い、通りを挟んで向かい側の店の軒下にいた女性に声をかけるために立ち去った。

なぜ素直に借りなかったのだろうかと疑問に思い、レイチェルはアルヴィンの様子をうかがった。

（もしかして、こうしていたかったのかしら？）

自分たちより困っている人がいたからというのもきっと嘘ではないはずだ。けれど、それだけではないような気がした。

アルヴィンはレイチェルの視線に気がつくと、子供っぽい表情で笑った。

「恋人らしい時間がほとんどなかったから、……邪魔されたくなかったんだ。雨に濡れるのもいい思い出になると言ったのは君だ」

幼馴染みで婚約者、国王と王妃、夫と妻――色々な肩書きはあるのに恋人という関係になったことは確かにない。

二人で街を歩いて、同じものを食べて、雨よけの上着を分け合うのが恋人らしい行為なのだろうか。

「そうかもしれません……。身分を忘れて、こうしているだけで……なんだか……」

ドキドキして、居心地が悪いのにもっと近くにいたいと感じるこの感覚が恋人との距離感なのだと思うと、こそばゆくて嬉しかった。

「さあ、行こうか」

まだ雨脚の弱まらない空の下に二人で飛び出した。

レイチェルの右肩とアルヴィンの左肩がそれぞれ濡れてしまったが、少しも寒くはなかった。

二人が宮廷の私室に戻り、着替えを済ませた頃急に雲が晴れた。

「もうすぐ虹が出るよ」

アルヴィンが手招きをしてレイチェルをバルコニーへ誘った。

「どうしてわかるのですか？　今日の天気はご存じないはずでは……？」

「虹が出る仕組みを知っているから。……太陽の位置とまだ雨の降っている方角でだいたいわかるものなんだ。……ほら」

アルヴィンが指差すのは、空と大地の境目だった。雲より手前にうっすらと七色の光の柱ができはじめる。それがやがて弧を描き、空にかかった。

その虹は、〝先見の剣〟で得た知識を失ったそのあとも、アルヴィンならばきっと大丈夫だと教えてくれているようだった。

おわり

あとがき

こんにちは&はじめまして！　日車《ひぐるま》メレです。本作を手に取ってくださってありがとうございます。

今回のお話は悪役令嬢モノです。好きな要素をちりばめて、私らしさも忘れずに！　を意識して書いてみました。悲劇で終わった人生をやり直すという要素があるため、過去編がかなりシリアスなのですが、そのぶんやり直し世界での絶対に誤解されない溺愛を楽しんでいただけたらいいなと思います。

そして、本作のイラストは獅童《しどう》ありす先生に担当していただきました。ツンツン困っているレイチェルがとても可愛いです。ヒーローのアルヴィンは好青年の王子様なんですがかなりの闇を内に秘めておりまして、そんな部分も素敵に描いてくださいました！

獅童先生、担当編集者様、編集部の皆様、大変お世話になりました。

最後になりましたが、いつも応援してくださる読者様に感謝申し上げます。ありがとうございました！

日車メレ

アルヴィン
レイチェル
Illustration Gallery

君《きみ》は一年後《いちねんご》に破滅《はめつ》する悪役令嬢《あくやくれいじょう》だから今《いま》すぐツンデレをやめなさい！

ティアラ文庫をお買いあげいただき、ありがとうございます。
この作品を読んでのご意見・ご感想をお待ちしております。

✦ ファンレターの宛先 ✦
〒102-0072　東京都千代田区飯田橋3-3-1
プランタン出版　ティアラ文庫編集部気付
日車メレ先生係／獅童ありす先生係

ティアラ文庫&オパール文庫Webサイト『L'ecrin《レクラン》』
https://www.l-ecrin.jp/

著者――日車メレ（ひぐるま めれ）
挿絵――獅童ありす（しどう ありす）
発行――プランタン出版
発売――フランス書院
〒102-0072　東京都千代田区飯田橋3-3-1
電話（営業）03-5226-5744
（編集）03-5226-5742
印刷――誠宏印刷
製本――若林製本工場

ISBN978-4-8296-6943-3 C0193

ティアラ文庫

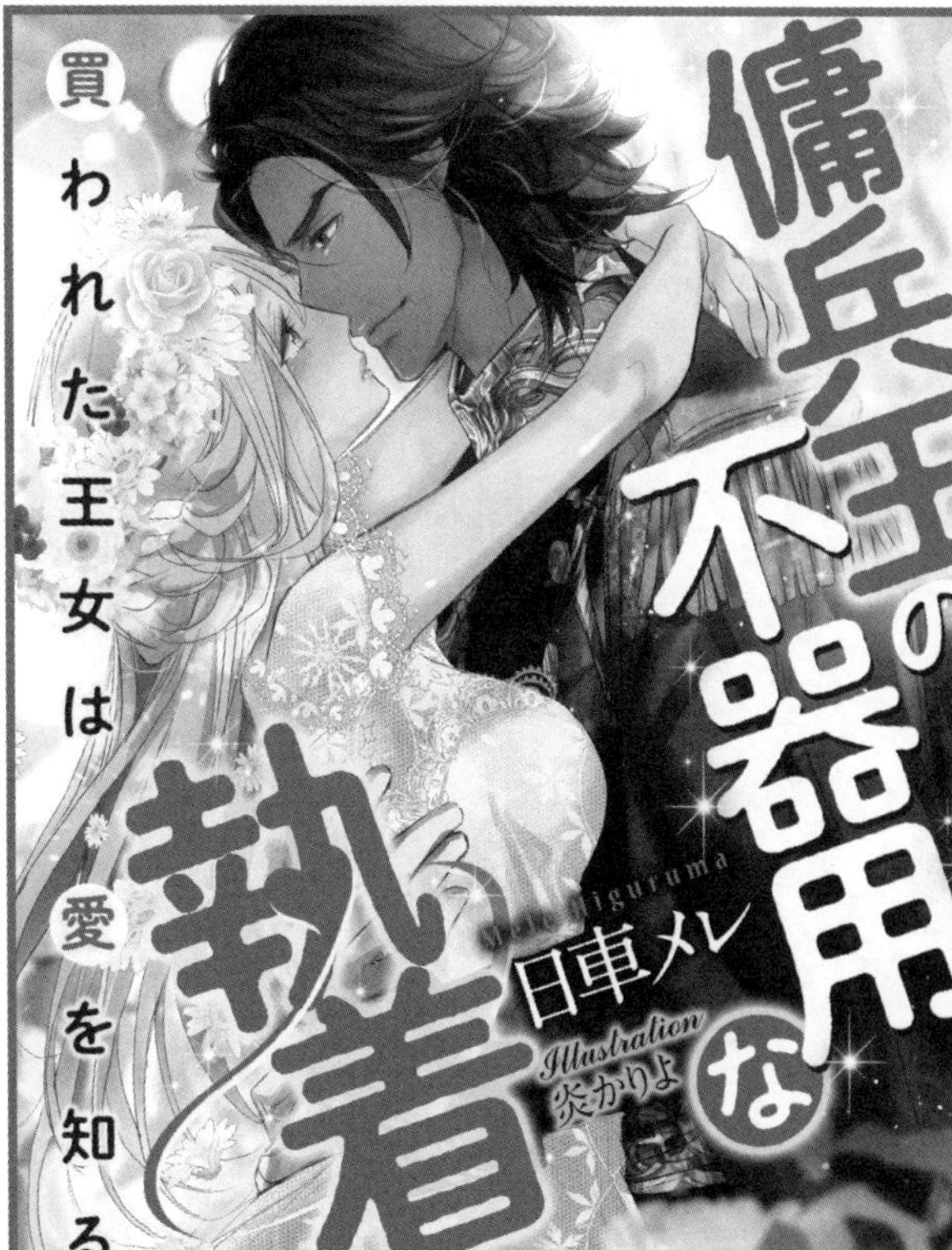

ワイルド軍人王×生真面目な聖女

悪評ばかりだけど精悍な傭兵王イザークと
政略結婚したオリアーナ。
「威勢のいい女は嫌いじゃない」
強引に寝室へ連れ込まれて……！

Tia6864

♥ 好評発売中! ♥

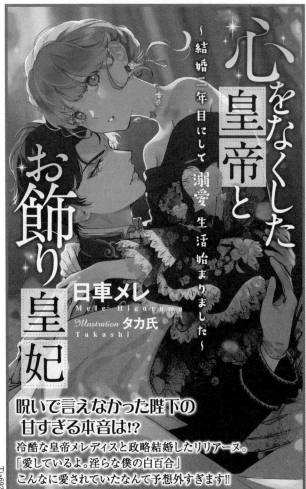

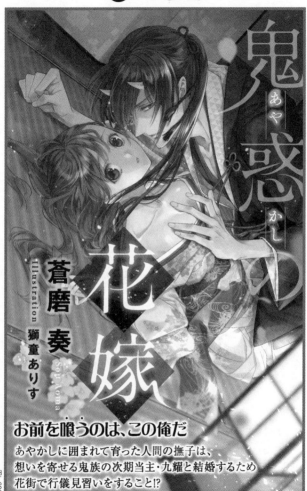